二十首情诗和一首绝望的歌

[智利] 巴勃罗·聂鲁达 著

许 桐 译

民主与建设出版社
·北京·

© 民主与建设出版社，2024

图书在版编目（CIP）数据

二十首情诗和一首绝望的歌 /（智）巴勃罗·聂鲁达著；许桐译. -- 北京：民主与建设出版社，2024.6
ISBN 978-7-5139-4600-1

Ⅰ.①二… Ⅱ.①巴… ②许… Ⅲ.①诗集－智利－现代 Ⅳ.①I784.25

中国国家版本馆CIP数据核字（2024）第091627号

二十首情诗和一首绝望的歌
ERSHI SHOU QINGSHI HE YI SHOU JUEWANG DE GE

著　　者	[智利]巴勃罗·聂鲁达
译　　者	许　桐
责任编辑	彭　现
特约策划	任程民
封面设计	海　凝
出版发行	民主与建设出版社有限责任公司
电　　话	（010）59417749　59419778
社　　址	北京市海淀区西三环中路10号望海楼E座7层
邮　　编	100142
印　　刷	大厂回族自治县德诚印务有限公司
版　　次	2024年6月第1版
印　　次	2024年6月第1次印刷
开　　本	880毫米×1230毫米　1/32
印　　张	9
字　　数	201千字
书　　号	ISBN 978-7-5139-4600-1
定　　价	49.00元

注：如有印、装质量问题，请与出版社联系。

目录

二十首情诗和一首绝望的歌　1

船长的诗　45

一百首爱的十四行诗　173

索引　279

二十首情诗和一首绝望的歌

一

女人的身体

女人的身体,雪白的山丘,雪白的大腿,
你委身于我的姿态如同这个世界。
我粗鄙的农人的身体挖掘着你,
让孩儿从大地深处跃出。

我曾孤单如一条漆黑隧道。群鸟自我身旁飞离,
黑夜以其压倒性的侵袭将我淹没。
为了生存,我像锻造武器一样锻造了你,
如同我弓弩上的箭矢,如同我弹弓中的石头。

复仇的时刻降临,可我爱你。
我爱你苔藓般的肌肤,我渴望着你乳汁丰盈的身体。
乳房的酒樽啊!迷离的双眸啊!
啊,绽放如玫瑰的私密!你细碎和哀伤的喘息!

我的女人的身体,我痴迷于你的魅力。
我的渴求,我无限的渴望,我未知的前途!
我无穷的渴望流淌在黑暗的河床,
常伴疲惫,苦痛相随。

二

将尽之光

光以其将尽的火焰笼罩你。
失神而苍白的哀悼者,你就那么站着,
背对着围绕你转动的
黄昏中的老旧螺旋桨。

你无言沉默,我的朋友,
你在这死亡的时刻里茕茕孑立
却又充满了火一般的生机,
你是那焚毁殆尽的白昼最纯正的后裔。

一缕光打上你暗淡的衣裳。
夜的巨大根系
猛然自你灵魂中生长,
藏匿在你体内的东西再度涌现,
于是,蓝色而苍白的民族就此诞生,
并得到你的滋养。

啊,臣服于黑色与金色轮旋的圆圈,
伟大、丰饶而迷人的母性的奴隶:

二十首情诗和一首绝望的歌

你奋力不息,实现如此鲜活的创造,
以至繁花落尽,举目成悲。

三
松之无际

啊,松林无际,细浪低语,
光缓慢地游走,教堂孤钟未鸣,
黄昏落入你的眼睛,玩具娃娃,
岸上的海螺,大地在你身旁唱着!

在你的身上,河流歌吟,而我的灵魂漫游其中。
一如你所求,我的灵魂,将被你带到你所愿之处。
请用你希望的弓弩,瞄准我的退路,
我会将全部的箭矢在狂乱中放出。

我目之所及,是云雾里你的腰身,
你的沉默,紧紧追随我那段备受折磨的日子,
是你那晶莹的石头般的双臂
让我的亲吻和我潮湿的渴望,在此停泊,安身筑巢。

啊,你那梦幻的声音,为爱勾勒颜色,
在回音冗长、愈渐消逝的黄昏中加倍生长!
于是,在这深沉而幽静的时间里,我看见那田野之上
风衔麦穗,曳曳摇荡,似有钟响。

二十首情诗和一首绝望的歌

四

风暴之晨

风暴席卷清晨,
在仲夏之际。

云朵如挥别时的白色手帕,
被浪迹的风双手摇晃。

风那无数的心
在我们相爱的安寂中怦然。

在树丛中神圣礼乐般回响,
如同一种充满战乱和歌颂的言语。

呼啸的风劫掠枯枝败叶,
如飞箭冲散了惊悸的群鸟。

风裹挟着她,在无波无浪的潮水中,
在无质无量的物质里,在倾斜的火焰中。

她的无数的吻,碎裂,沉落,
在夏日之风的门口搏斗。

五

你听见我

为了你能听见,
我的声音
总是孱弱的,
像沙滩上海鸥的脚印。

珠串,沁酒的铃铛,
都为你葡萄般光滑的手献上。

我远远地听我说出的话,
倒更像是你说出来的。
它们如常春藤爬上我经年的伤疤。

它们就这样,继续爬上了潮湿的围墙。
你就是这个残酷游戏的罪魁祸首。
它们正在从我的黑暗牢笼中逃离。
你到处都是,哪里都是你。

在你之前,它们占据了属于你的孤独之地,
它们比你更习惯我的悲伤。

现在我要让它们说出我想对你说的话，
我要让你听见我想让你听见的话。

苦恼之风依然卷走它们，一如往昔。
梦的旋涡轻易将它们裹挟。
你好好听听我痛苦诉说里的其他声响。

我曾将恸哭宣之于口，我曾哀求泣之以血。
爱我吧，女孩儿。别抛弃我，跟我走吧。
跟我走吧，女孩儿，我们一起逃离这痛苦的浪潮。

我的语言被你的爱浸染。
你充满一切，充满一切。

我要为你白皙的、葡萄般光滑的手，
编出一条无尽的项链。

六

我还记得

我还记得你去年秋天的样子,
你戴着灰色的贝雷帽,揣着平静的心。
晚霞在你的眼中点燃。
飘零的落叶坠入你灵魂的池沼。

你如藤蔓一样生长,蜿蜒过我的臂膀,
树叶聚拢你的声音,平缓而安详。
那熊熊的篝火里,燃烧着我的渴望。
那甜美的蓝色风信子,将我的魂魄捆绑。

我感到你的眼神游离,可秋日已经远去:
灰色贝雷帽,沉沉鸟语,心之故乡——
我迫切地要迁徙到那儿,
我想把如炭火般灼热的吻,幸福地落在那儿。

孤帆上的天空,山丘下的阡陌:
那回忆中的你,如灿灿阳光,如风烟袅袅,如寂寂荷塘!
你眼底更深的地方燃烧着的,是万丈霞光。
你心底灵魂上盘旋着的,是秋叶枯黄。

七

倚身暮色

我倚身暮色,我把伤了心的网
撒向你眼里的一片汪洋。

孤独如我,在熊熊烈焰中孤独地延长,
如溺水者胡乱挥舞的手臂。

我递出鲜红的信号,越过你迷离的双眸,
穿梭在你眼里,像海浪拍打灯塔的地基。

远方我的情人啊,你从来缄默不言,
有时会有可怕的海岸,在你的眼中浮现。

我倚身暮色,
我撒下伤心的网。

夜起的鸟儿啄食初升的星辰,
它闪烁,如同我曾爱你的那颗心。

夜色骑上它的黑马一路驰骋,
在田野播撒蓝色的花穗。

八

白色蜜蜂

白色的蜜蜂,你在我的灵魂中嗡鸣,醉饮蜜汁,
你飞舞在缓慢上升的圈圈烟雾里。

我是一个绝望的人,是没有回音的话语,
我失去了一切,也拥有过一切。

最后的绳索,你牵引着我最后的渴望。
你是最后的玫瑰,生长在我荒芜的土壤。

啊,你如此沉默!

合上你那双深邃的眼,夜色在其中飘荡。
啊!你赤裸的身体,像一尊胆怯的雕像。

你那双深邃的眼里,夜色弥漫。
你有清凉如花的双臂、玫瑰般的足膝。

你的双乳如同一对纯白的蜗牛。
一只阴影里的蝴蝶飞来,落在你的腹部睡去。

啊，你这个沉默的人！

这里是被你抛弃的孤独。
下雨了。海风吹来，追捕流浪的海鸥。

雨水漫过潮湿的街道。
树上的叶子，罹病般地抱怨。

白色的蜜蜂，你既已离去，却仍在我的灵魂中嗡嗡作响。
你在光阴里复苏，纤弱，无言。

你啊，真是个沉默的人！

九

松林之醉

你沉醉于松林和绵长的吻,
如同我乘着夏日玫瑰的风帆,
向那濒死的羸弱时光俯冲而去,
陷入纯粹、狂乱的海洋。

被我那苍白的贪婪之水缚住,
我航行于空旷空气的酸臭中,
仍旧只有灰败的衣裳、苦涩的声音,
以及一朵没人要的浪花做的悲伤的头饰。

被激情驱使,我骑上我唯一的浪,
踏过日月辰星,历经寒来暑往,
安睡于幸运岛屿们的喉间,
它们洁白、甜美,如清凉的臀部。

潮湿的夜里,我那以吻织就的衣裳
开始颤抖,如同遭到电击般陷入疯狂,
英勇地分裂成我的诸多梦境,
一朵朵魅惑的玫瑰绽放在我身上。

我们逆流而上,在外海的浪涛之间,
我们并肩躺着,你依偎在我的怀抱,
像一条被钩在我灵魂上的鱼儿,
时而迅速,时而缓慢,在苍穹笼盖的生机之下。

十

失落黄昏

我们甚至失去了这个黄昏。
当深蓝的夜降临，
没有人可以隔着暮色看到我们牵手。

我从窗外见过
远处山头上，晚霞的祭典。

那里的太阳
就像一枚金币在我的掌中燃烧。

我想起你，我的灵魂就像被你
所熟知的我的悲伤紧紧勒住。

那时，你在哪儿啊？
和什么人在一块儿？
在说着什么样的话？
为什么在所有的爱都降临在我身上的时候，
我会如此哀伤，感觉你离我很远？

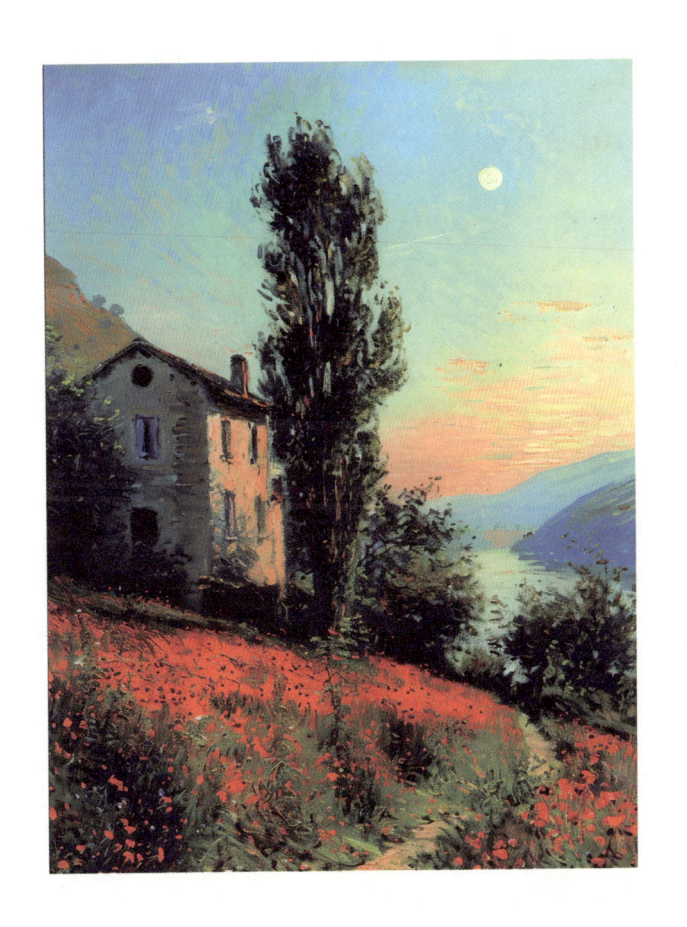

那本总在黄昏才被翻开的书掉落在地上,
我的披风像一只受伤的小狗蜷缩在我的脚边。

你总是,总是在傍晚时离去,
去向黄昏边跑边抹掉雕像的地方。

十一

天外半月

半个月亮,悬在两山之间,
几乎掉出天外。
浪荡游转的夜,视线被牵引。
看看有多少星星细碎地落在池塘。

它在我的眉心画下哀悼的十字,然后逃离。
蓝色金属的熔炉,无声战斗的夜晚,
我的心像疯狂转动的轮盘。
远方而来的她,
目光在天空之下熠熠生辉。
雷声轰鸣,暴风呼啸,飓风怒号。
你从我心上掠过,不曾停留。
似有风从墓地吹来,撕扯、揉碎、扬撒你沉睡的魂灵。

而另一边,大树纷纷拔地而起。
可是你,澄明的女孩儿,你是烟雾迷蒙中,烟与穗的疑问。
风用发亮的树叶精制成你。
夜晚群山背后,你是熊熊燃烧的白色百合,
啊,我单薄的词汇不足以形容,你,就是万物。

那将我的呼吸都撕成碎片的渴望啊,
是该走另一条路了,因为那里,她不会再微笑了。
湮没钟鸣的暴风雨,泥沼般无法挣脱的漩涡,
为什么要靠近她?为什么要将她带入悲伤?

啊,去那条远离一切的路吧,
路上没有痛苦,没有死亡,没有寒冬,
只有朝露凝结时,一双眼迷茫张望。

十二

安心怀抱

有你的怀抱,足以使我心安,
有我的翅膀,足以给你自由。
那在你灵魂上沉睡的
将从我的口中升入天空。

你的身上有我每天的幻想。
你的降临如露珠滴落花冠。
你的缺席如被侵蚀的地平线。
你如波浪一般,永远在逃避。

我说过你在风中唱的歌,
如松柏,如桅杆。
你像它们一样孤高耸立、缄默无言,
又突然感伤,像要开始一趟远航。

你如古老的路途收容事物。
你载满了回声与乡愁之音。
我醒来了,在你灵魂里沉睡的
群鸟也是要逃离和迁徙的。

二十首情诗和一首绝望的歌

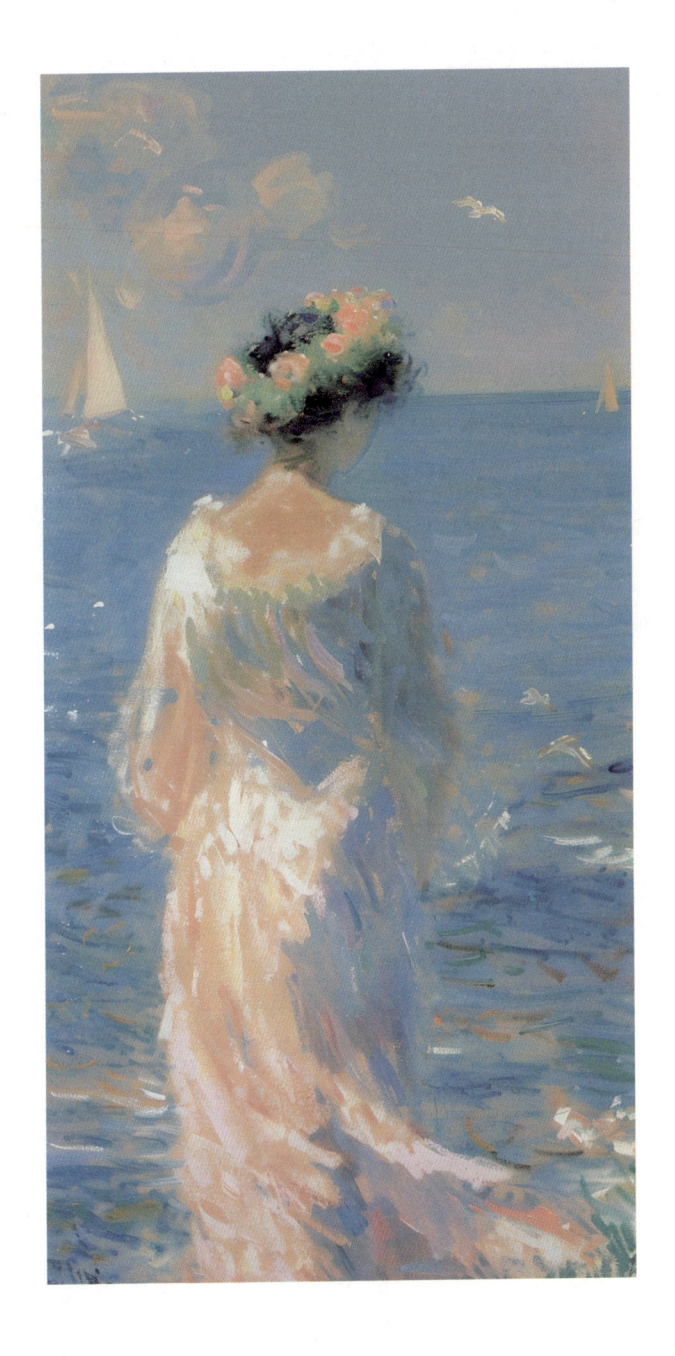

十三

燃烧的十字架

我用燃烧的十字架
在你雪白的身体上做下地图的标记。
我的嘴唇擦过,像躲躲藏藏的蜘蛛:
在你的身前身后,胆怯着,更渴望着。

我在黄昏的海岸给你讲故事,
讲悲伤而温柔的娃娃,这样你就不再悲伤了。
一只天鹅,一棵大树,这些遥远而美好。
还有葡萄的时节,果实成熟,硕果累累。

我住的地方是一个港口,我爱上你的地方。
那里孤独、梦幻,和寂静交织,
将我困在了大海与悲伤之间。
两个静止的船夫,开始沉默,渐渐迷乱。

在嘴唇与声音之间,有种东西正在消逝。
它有着鸟儿一样的翅膀,它属于苦难和遗忘。
就像网无法网住水。
我的娃娃,只残留几滴在颤抖。

然而,在这些稍纵即逝的话语间,仍然能听到歌声。
仍然有什么在歌唱,在我贪婪的嘴里沸腾。
啊,它要用所有欢快的话语歌颂你。

为你歌唱,燃烧,逃离,像疯子手中的一座钟楼。
我悲伤的温柔啊,是什么突然让你变成这样?
当我站在最险恶、最寒冷的顶峰时,
我就如夜间的花,将自己的整颗心敛闭了。

十四

你与宇宙之光

你每天和宇宙的光一起游戏。
你是花与水之间神秘的访客。
你像成簇的果实,
远胜于每日我手里的白色花冠。

自从我爱上你,你就超越了一切。
我要把你放在金黄花环的中央。
是谁用烟的字母,把你的名字写在南方的星群?
啊!让我回忆一下你到来前的日子。

狂风乍起,拍打我紧闭的窗。
天空如一张大网,笼罩着幽暗的鱼群。
全部的风在此刻尽数呼啸。
大雨卷走她的衣裳。

群鸟也匆匆飞离。
风啊。风。
我只能抵抗人类。
疾风骤雨裹挟着凋零的落叶,

还卷走了我昨夜停在天空的所有驳船。

你还在这儿。啊,你不要逃了。
你会回应我的,就算是到最后的呼喊。
你会抱紧我,像受了惊的宠物。
就算是有奇怪的阴影掠过你的眼睛。

现在，就在此刻，小家伙儿，你把忍冬带给了我，
甚至你的乳房也散发着这种花香。
当让人悲哀的风怒吼着残杀蝴蝶，
我爱着你，我正幸福地品尝你葡萄般的唇。

你为了习惯我，一定会痛苦吧。我那狂放而孤独的灵魂，
我那令人闻风丧胆的名声。
无数次，我们看着闪耀的晨星，吻上我们的眼睛，
而在我们上空，黄昏展开旋转的扇子。

我的话像雨滴，滴滴点洒在你身上，抚摸你的肌肤。
我长久地爱你，爱你阳光下珍珠般的身体。

我相信，整个宇宙都是你的。
我会从山间采来美好的花朵，蓝铃花、
黑榛果和一篮一篮的野生的吻。
我想，
我要好好爱你，像春天对待樱桃树那样。

十五

沉默之爱

我喜欢你沉默的时候,因为仿佛你不在了,
你从远处听着我的声音,但我的声音已经无法触及你。
你的视线已经飞远,
但我可以用一个吻来封住你的嘴唇。

世间万物,充满了我的灵魂,
你从万物中浮现,将我的灵魂填满。
梦之蝴蝶,你就像我的灵魂,
"忧郁"这个词,就像在说你。

我最喜欢你沉默的时候,就像你已经走远了。
你好像在哀叹,像蝴蝶的低语,也像鸽子的轻吟。
你在远处听着我的声音,我的声音唤不回你:
那就让我也这样沉默吧。

让我也用这沉默对你倾诉——
你明媚如灯,你纯真似玉。
你像寂静的夜晚,寂静得如同漫天繁星,
遥远而纯粹。

我喜欢你沉默,因为你仿佛早已离开,
遥远而痛苦,就像你已经死去。
因此,一言一笑,便足矣,
尽管有些虚幻,但我仍满足,且欢喜。

十六

黄昏天空
该诗改编自泰戈尔的《园丁集》第 30 首诗

你像一朵云,挂在我黄昏时的天空,
形状和颜色,都是我喜欢的样子。
你是我的,我的蜜一样的女孩儿,
我带着无尽的梦,住进你的生命。

我灵魂的光亮,浸染你的双足,
我酸涩的烈酒,在你唇间变得甘甜,
我那夜色之歌的收集者啊,我的那些孤独的梦,
怎么才能让它们都相信你是属于我的?!

你属于我,是我的!我向晚风大声呼喊,
风带走我嘶哑的声音。
我瞳孔深处的女猎手,我是你的猎物,
让你的目光在夜里平静如水。

你被我的音乐般的网困住,亲爱的,
我的网,寥廓如天空。
我的灵魂在你哀伤视线所及的海岸诞生。
在你哀伤的眼里,梦的土壤开始形成。

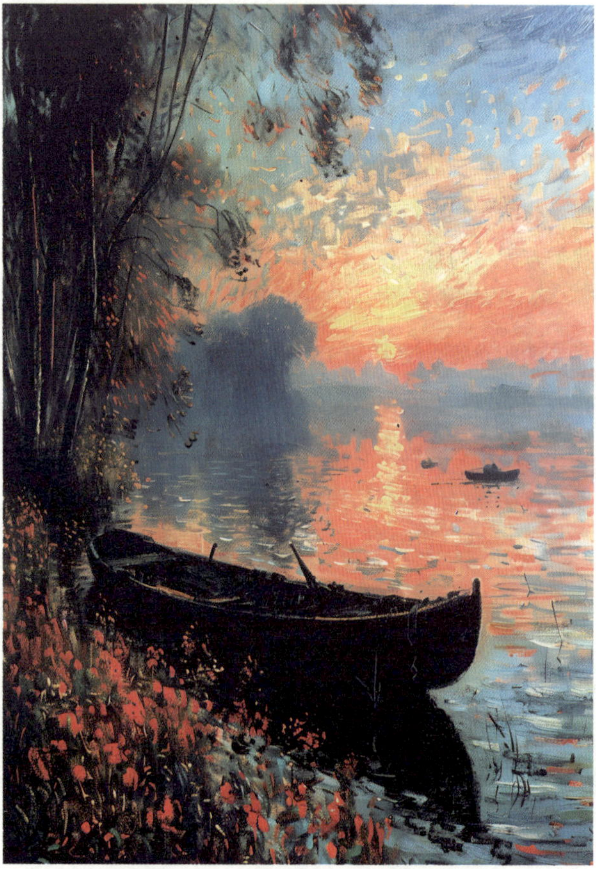

十七

孤影缠绕

在至深孤寂中沉思的、缠绕的阴影。
你也在远方,啊,你是最最遥远的。
沉思着,放飞鸟儿,消融的身影,
埋葬的孤灯。

迷雾中的钟楼,那么遥远地,矗立在那儿!
憋闷难耐的哀歌,碾碎阴郁的希望,
沉默无言的磨坊工,
黑夜远离城市,降临在你的脸上。

你的存在对我来说如此陌生,如同一个没见过的物件。
我想,我是在你面前探索我广阔的生活。
在所有人面前的生活,我那煎熬的生活。
面对大海,我的呼喊在礁石间回荡,
它肆意激荡,疯狂,而后化为泡沫。
悲伤的愤怒的呼喊,变成大海的寂寞。
它肆无忌惮地、疯狂地向天空冲去。

你,女人,你是那里的什么?

是那把巨大的扇子的什么样的条纹？什么做的杆？
像现在一样，你那么遥远。
深林之火！燃烧着蓝色的十字架。
它燃烧，爆裂，它闪耀在光芒四射的树梢。

它轰然坍塌，噼啪作响。大火啊，大火，
我的灵魂随之起舞，在熊熊燃烧的大火里。
是谁在呼喊？是什么样的寂静充满回音？

那些时间，怀念的、欢乐的、孤独的
和那独属于我的！
风中传来号角的鸣响。
泫然欲泣的情愫缔结在我的身上。

所有树根一起撼动，
所有的浪潮呼啸侵袭！
我的灵魂无休止地翻滚，喜乐，哀伤。

在至深孤寂中沉思，把灯埋进深深的孤寂。

你是谁，你是谁呢？

十八

我在这里爱你

我在这里爱你。
清风拂过暗淡的松林。
月光照耀潺潺流水。
她们日日相会。

云雾飞舞着退散。
一只银色的鸥鸟降落在西方的天穹。
有时是深夜,高高的、远远的星辰。

有时是一片孤帆。
形单影只。
有时我在清晨醒来,连灵魂都是潮湿一片。
远方大海荡漾着回音。
这是一个港口。
我在这里爱你。

在这里,我爱着你,尽管你已经消失在地平线。
尽管你被这些冰冷的事物包围,我也爱你。

有时我的吻附着在那些沉重的船只，
随海浪奔袭，没有终点。
我看见自己如那些旧锚般被遗忘。
当下午来临，码头格外悲伤。
我的生活漫无目的，疲惫饥渴。
我渴望我无法拥有的东西。你是如此遥远。
我在悠然的黄昏中抗争，几乎精疲力竭。
当夜幕降临，它却开始对我歌唱。

月亮转弄着它的梦。
最大的那些星星借着你的眼睛看我。
当我爱你，风入松林，
都想用那针形的叶演奏你的名字。

十九

黝黑、灵活的女孩

黝黑、灵活的女孩,她们使果实成形,
谷粒饱满,那把海草都晒得卷曲的太阳
滋养了你欢愉的身体、明媚的双眸、
柔婉的笑靥。

你张开双臂,渴慕的阳光
浸透你黑亮的丝丝秀发。
你与太阳嬉戏,把它当作一条小溪,
在你眸中落下两盏幽暗的池塘。

黝黑、灵活的女孩,我没法再接近你了。
你的一切都在让我远离,就像远离正午的骄阳。
你是蜜蜂疯狂的青春,
是醉人的浪花,是麦穗的力量。

而我,用忧郁的心追寻你,
我爱你令人欢愉的身体,爱你悦耳娇柔的声音。
甜美而坚定的黑蝴蝶,
像骄阳照耀麦田,像罂粟相伴溪水。

二十

哀伤之诗

今夜我可以写下哀伤的诗。

比如写"夜空繁星灿灿,
远处蓝色的星光颤颤"。

回旋的晚风在空中对唱。

今夜我要写下最哀伤的诗。
我爱她,时而她也爱我。

在无数如此之夜,我将她拥入怀中。
在无垠苍穹之下,我吻她不疲不倦。

她爱过我,时而我也爱她。
那沉静含情双眸,叫我怎么不爱呢?

今夜我写下了最哀伤的诗。
我不能拥有她,我失去了她。
听那空寥的夜,因失去她而愈加空寥。

于是诗句滴落于心灵,如同露珠坠落入原野。

我无法用爱挽留她,我留不住她。
夜空繁星灿灿,伊人此去已远。

过去了。远方的人哪。歌唱在远方。
我的灵魂不甘啊,不甘就这么失去她。

我的视线匆匆忙忙追逐她的方向。
我的心灵寻寻觅觅,而她早已远离。

永恒的夜色苍白着永恒的树,
曾经的你我却早已不似当初。

我真的再不爱她了,但也是真的深深爱过。
我的声音乘着风,携着过往的爱意抚摸她的耳郭。

是别人的了,曾与我拥吻的她,要去吻别人了。
连同她的声音、她明亮的身体、她深邃的眼。

我真的已经不爱她了,但也许我还在爱。
爱是如此短暂,遗忘却如此漫长。

想那无数个如此之夜,我拥她入怀,
想我失去她时,落空的魂灵。

尽管这是她留给我最后的苦,
而这也是我写给她最后的诗。

绝望的歌

夜里,我的脑海浮现出有关你的回忆。
河流不住叹息着汇入大海。

黎明的码头无人问津。
该走了,被遗弃的人啊!

冷雨凉风吹打我的心脏。
哦,废料的底舱,溺水者残酷的洞穴。

你那里,是战争和飞行的聚集地。
你那里,鸟儿哀鸣,振翅而起。

你吞噬一切,仿佛时间。
像海,像时间。一切在你身上沉没!

那是战争和亲吻交织的刺激。
辉耀如灯塔的令人惊呆的时刻。

掌舵者的焦虑,盲眼潜水者的愤怒,
我们在汹涌的爱意中沉沦,一切在你身上沉没!

迷蒙的童年里，我生了翅且受伤的灵魂。
迷失的探险家，一切在你身上沉没！

你把自己封印于痛苦，紧紧握着欲望。
你失落于悲伤，一切在你身上沉没！

我把阴影往后推，
超越欲望和行动。

哦，那属于我的身体，我爱过又失去的人，
在这郁闷的时刻，我要把你唤醒，让你歌唱。

你像一个容器，藏着无穷无尽的柔情，
还有无尽的遗忘，把你像玻璃一样打碎。

那是迷失在岛屿上漆黑一片的孤独，
在那里，我爱的女人，你把我拥入怀中。

那是如饥似渴的我和硕果般的你。
那是悲哀与废墟中的我和奇迹降临般的你。

啊，我的爱人，我不知道怎么才能叫你容纳我
在你灵魂的土壤、在你手臂上的十字！

我对你的沉迷是如此骇人而又短暂，

骚动与迷乱，兴奋又贪婪。

我想亲吻你的墓地，仍有未尽的火种，
累累的果实依然燃烧，被群鸟啄食。

咬过的嘴唇，吻过的四肢，
饥渴的獠牙，交缠的身体。

哦，希望和力量，疯狂地结合，
我们缠绵其中，与绝望相交。

而那温柔，轻如水，如面粉。
那止于唇间的话语。

这是我的命运和憧憬。
而我的渴望也在其中陨落，一切在你身上沉没！

废料的底舱，全部从你的身体落下，
什么痛苦你没说过，什么痛苦没淹过你！

跌宕起伏中，你仍在燃烧和歌唱。
像一个水手屹立船头。

你仍然在歌声中绽放，你仍然在水流中搏击风浪。
哦，废料的底舱，没有盖儿的枯井。

苍白盲眼的潜水者，不幸的弹弓手，
迷失的探险家，一切在你身上沉没！

这是出发的时刻，是艰难而寒冷的时刻。
夜晚执着地执行着每一个时间表。

海喧闹的腰带缠绕着海岸。
寒夜逐星，黑鸟迁徙。

就像黎明时的码头，无人在意。
只有摇晃的疏影在我手中颤动。

啊，你超越一切。超越一切。

该走了。被抛弃的人哪！

船长的诗

爱

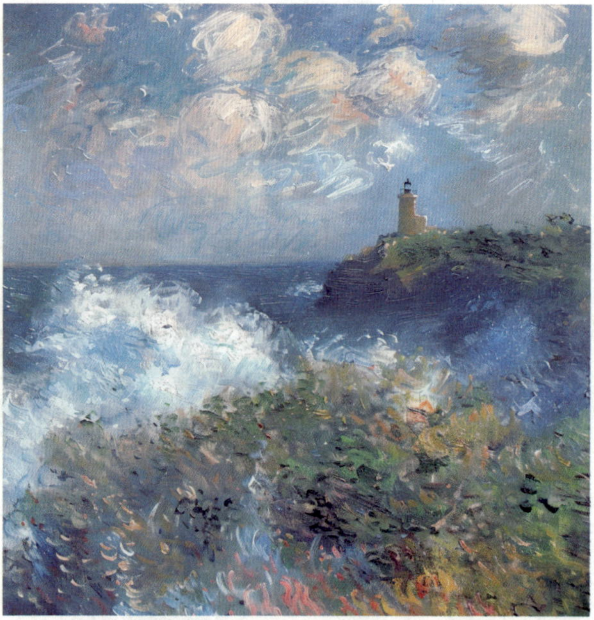

你身上的大地

小
玫瑰,
小玫瑰,
有时,
微小而赤裸,
似乎在我的手中
正合适,
仿佛我要合上你
将你含入口中,
但
忽然,
我的脚触碰你的足,我的嘴触碰你的唇。
你已生长,
你的肩膀像两座小山一样高耸,
你的乳房在我胸前徜徉,
我的手臂几乎环绕不住
你新月般纤细的腰身。
你在海水般的爱里消融,
我几乎无法打量天空中最宽阔的眼睛,
我俯身向你的嘴,亲吻大地。

女 王

我封你为女王。
有比你高的,更高。
有比你纯洁的,更纯洁。
有比你美的,更美。

但你就是女王。

当你街上行走,
无人认得你。
无人看到你的水晶王冠,无人注视
你走过时踩着的红金地毯,
那并不存在的地毯。

当你露面,
所有河流在我体内鸣响,
天空摇晃,
钟声震天,
世界充满赞歌。
只有你和我,
只有你和我,我的爱,
我们一起听。

陶 匠

你的全身都有
注定为我而成的丰满或温柔。

当我抬手,
每个地方都有一只鸽子
在寻找我,仿佛
他们用黏土制作了你,亲爱的,
用我自己的陶匠之手。

你的膝盖,你的胸部,
你的腰肢,
是我缺失的部位,就像
干渴大地的空洞,
分离出的
形状,
而我们一起时
是完整的,如同一条河流、
一粒沙子。

9月8日

今天,这一天是满溢的酒杯,
今天,这一天是巨浪滔天,
今天,是整个大地。

今天,海浪汹涌
将吻着的我们托举,
高得让我们颤抖。
在闪电的照耀下,
我们被束缚在一起下沉,
沉入水底,无法挣脱。

今天,我们的身体无边无际,
延展到了世界边缘,
滚动、融化
化为一滴
蜡或流星。

一扇新大门在你我间开启,
有人,尚无面孔,
在那等着我们。

你的脚

当我无法看你的脸时,
我就看你的脚。

你弓形骨的脚,
你坚硬的小脚。

我知道它们支撑着你,
你柔美的重量
在它们之上立起。

你的腰身和你的乳房,
那双紫红的
你的乳头,
你刚刚飘过的
深窝眼眸,
你饱满的果实之唇,
你的红发,
我的小塔。

但我爱你的脚,
只因它们

于大地行，
于风里水里走，
直到与我相逢。

你的手

当你伸出双手,
爱人,向着我的手,
飞驰着带给我什么?
它们为何停
在我嘴里,如此忽然?
为什么我能认出它们,
仿佛在那之前,
我曾触摸过它们,
仿佛它们
曾抚过
我的额头、我的腰?

它的柔软
穿过时光,
越过大海,飞过烟雾,
拂过春天,
当你将
你的手放于我胸口,
我认出了那双
金鸽的翅膀,
认出了那黏土

和那麦子的颜色。

我一生都走在
寻找它们的路上。
我拾阶而上,
我穿过道路,
火车载着我,
水流送着我,
在葡萄皮里
我似乎触碰到了你。
木头突然
带给我你的触感,
杏仁向我宣布
你秘密的柔软,
直到你的双手
收拢于我的胸膛,
在那,仿若两只翅膀
结束了它们的旅程。

你的笑

如果你愿意,拿走我的面包,
拿走我的空气,但
不要拿走你的笑。

不要拿走那玫瑰,
那被你剥开的水龙喷嘴,
那水忽然
在你的欢愉中迸发,
从你身上生出的
突如其来的银波。

我艰苦地战斗,
用疲惫的双眼回顾,
发现世界
并未有多大改变。
但当你的笑来时,
升上天空寻找我,
为我打开所有
你生命的大门。

我的爱人,

在最黑暗的时刻,
你的微笑绽放,
如果突然看到
我的鲜血染红了
街道的石块,
笑吧,因为你的笑
会成为我手中的一把闪亮的剑。

秋天的海边,
你的笑当扬起
层叠浮沫的瀑布,
而在春天,我的爱人,
我要你的笑像
我期盼的花朵,
那朵蓝色的花,玫瑰,
开在我回音嘹亮的故乡。

你笑夜晚,
笑白天,笑月亮,
你笑岛上
弯曲的街道,

船长的诗

笑这个笨拙的
爱你的男孩,
但当我睁开
又闭上眼睛,
当我的脚步离去,
当我的脚步归来,
可以不给我面包、空气、
光和春天,
不要不给我你的笑,
不然我会死掉。

善变者

我的目光
追随着一位擦肩而过的黑女郎。

她是黑色珍珠,
她是紫色葡萄,
鞭打我的血液,
以她的火尾巴。

所有的,
我追随。

一位白皙的金发女郎走过,
像一株金色的植物
摇曳着她的天资。
我的嘴往那去,
就像一朵浪花
在她的胸前放射
血液的闪电。

所有的,
我追随。

但在你面前，我一动不动，
没看到你，遥远的你，
我的血和我的吻却往前：
我的黑女郎和金发女郎，
我的高女郎和矮女郎，
我的胖女郎和瘦女郎，
我的丑女郎和美女郎，
由所有的黄金
和所有的白银做成，
由所有的麦子
和所有的土地做成，
由所有的海波做成，
为我的臂膀而做，
为我的亲吻而做，
为我的灵魂而做。

岛屿的夜

我整夜与你同眠,
在海边,在岛上。
你在欢愉与梦境之间狂野而甜蜜,
在水与火之间。

也许是太晚了,
我们的梦交织在一起,
在高处或在低处,
在高处,就像同一阵风吹拂的树枝,
在低处,就像相互交错的红色树根。

也许你的梦
与我的梦分离,
穿过黑暗的海洋
寻找我,
一如从前,
那时你尚不存在,
我在你旁航行
却没有看见你,
你的目光在寻觅
如今那些

面包、美酒、爱和愤怒——
我统统双手为你奉上,
只因你是那杯
等待着我的生命的馈赠。

我与你共眠,
整夜,
当黑暗的地球
与生者和死者共旋,
而忽醒时,
在阴影中,
我臂膀环绕着你的腰肢。
无论黑夜和梦境
都无法将我们分开。

我与你共眠,
醒来时,你的嘴,
从你梦中来,
带我尝到了大地、
海水和海藻的味道,
来自你生命深处的味道,

我接受了被晨曦

打湿的你的吻,

仿佛来自

环绕着我们的海洋。

岛屿的风

风是一匹马:
听它如何奔跑,
穿过海洋,越过天空。

它想带着我:
听它如何环游世界,
为了将我远远带走。

请把我藏在你怀里,
就在今夜,
当雨水打过
大海和陆地
数不清的嘴。

听风如何
驰骋呼唤着我,
要带我远去。

你我额头相贴,
你我嘴唇相凑,
灼烧着我们的爱

将我们肉体紧缚,
让风吹过
而不能带走我。

让风吹过,
泡沫加冕,
让它呼唤我,寻找我,
在阴影中驰骋,
而我,沉沦
于你的大眼之下,
就在今夜,
我将安歇,我的爱。

无穷者

你看到这双手了吗？它们丈量了
地球，它们分离了
矿石与谷物，
它们创造了和平与战争，
它们拆卸了所有海洋
与河流的距离，
然而，
当它们游走于你时，
你，小家伙，
麦粒，燕子，
它们无法包住你，
它们疲于追寻
于你胸口停歇或飞翔的
双生鸽，
游走过你双腿的距离，
缠绕于你腰间的光辉。
于我，你是宝藏，
比大海和它的分支更浩瀚无垠，
你洁白、蔚蓝、辽阔，仿佛
葡萄收获期的大地。
于那片土地上，

从你的脚到你的额,

行走,行走,行走,

终我一生。

美 人

美人,
就像泉水中的
凉石,就像水流
溅开大片泡沫光彩,
你的笑容亦是如此,
美人。

美人,
纤纤玉手,纤纤玉足,
如同一匹银色的小马,
行走着,世界之花,
如是我看见你,
美人。

美人,
你头顶着
一窝纠缠的铜,一个
蜂蜜阴影色的巢,
我的心在于此燃烧、于此安息,
美人。

美人，
你的面庞容不下你的眼，
这大地亦容不下你的眼。

在你眼中有国家，
有河流，
我的祖国在你双眼中，
我走过它们，
它们照亮这世上
我行走过的地方，
美人。

美人，
你的乳房就像两块
由谷地和金月亮做成的面包，
美人。

美人，
你的腰肢，
被我手臂弯成一条河，
在你甜美的身体流淌千年，

美人。

美人,
没有什么能比得上你的臀,
也许地球有
一隐秘之地,
有你身体的曲线和香味,
也许在某地,

美人。

美人,我的美人,
你的声音,你的肌肤,你的指甲,
美人,我的美人,
你的存在,你的光芒,你的阴影,
美人,
你的一切都是我的,美人,
你的一切都是我的,爱人,
当你行走或休息,
当你歌唱或沉睡,
当你受难或做梦,
永远,
当你或近或远,
永远,
你是我的,我的美人,
永远。

被盗的树枝

夜晚,我们将进去,
去盗
一根花枝。

我们将翻墙而入,
在外星花园的黑暗中,
树荫下的两个影子。

冬天还未过,
苹果树出现,
突然变成
一串串芬芳的星星。

夜晚,我们将进入
抵达其颤抖的苍穹,
你的小手与我的手
将星星偷走。

悄悄地,
到我们的家,
在夜色和阴影中

和着你的脚步进入
那无声的芬芳之阶,
和着那星光闪烁的脚
去往春天澄澈的身体。

儿 子

啊,儿子,你知道吗?你知道
你从哪里来吗?

来自一个湖,
那里海鸥洁白而饥饿。

在冬日水边,
我和她燃起
红色的篝火,
耗尽我们的嘴唇
亲吻我们的灵魂,
将一切投入火中,
燃烧我们的生命。

你就是如此来到世上的。

但她,为了看到我,
为了有日见到你,
她漂洋过海,
我为了拥抱
她的纤细的腰肢,

走过了每一寸土地，
穿过战争和高山、
风沙和荆棘。

你就是如此来到世上的。

你来自许多地方，
来自水和大地，
来自火与雪花，
你从那遥远的地方
向我们走来，
从将我们拴在一起的
可怖的爱，
我们想知道
你是什么样的人、你对我们说些什么，
因为你比我们
给予你的世界懂得更多。

就像一场庞大风暴，
我们摇动
生命之树，

船长的诗

直到最隐秘的
根部的须,
你于是现身
在树叶间歌唱,
在那最高的树枝上,
我们和你一起抵达。

大　地

绿色的大地交出了
一切——黄色，金色，收成，
农田，树叶，谷物，
但当秋天高举起
其广阔的旗帜时，
我看到的是你，
是你的秀发在
为我分送谷穗。

我看到那些古老
而又破碎的石碑，
但如果我触摸
石头的伤疤，
你的身体就会回应我，
我的手指忽然
颤抖地，识得
你炙热的甜蜜。

在我走过
被泥土和尘灰
授勋的英雄间，

在他们身后,悄然
迈着你的小碎步,
是不是你?

昨日，当他们连根
拔起，为了看看
那棵老矮树，
我看见你
从饱受折磨的干渴树根走出，
看着我。

当睡意蒙眬
将我展开，将我带入
我的寂静，
有一阵巨大的白风
吹落我的梦，
树叶从梦中飘落，
如同刀子般落下
将我的血排干。

每个伤口都有
你嘴的形状。

缺 席

我几乎没离开过你,
你进入我,晶莹剔透,
或颤抖,
或躁动不安,被我所伤,
或满怀爱意,就像当你双眼
在我不停给予你的生命的馈赠之上
合拢。

我的爱,
我们已相遇,
渴着,我们
饮尽了水和血,
我们发现彼此
饥饿,
我们互相撕咬,
如同火炽,
让我们遍体鳞伤。

但请等待我,
把你的甜蜜留给我。
我也将赠你
一朵玫瑰。

欲 望

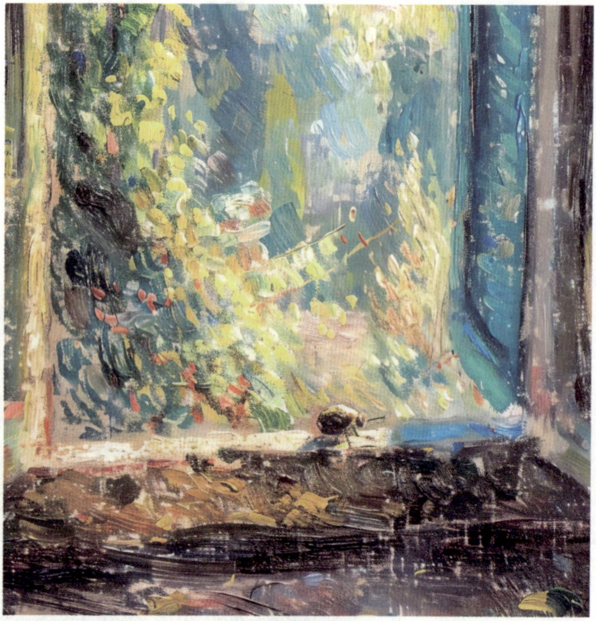

老 虎

我是老虎。
我窥探你,
在犹如潮湿的
矿块般的大叶中。

白色的河流
在浓雾之下上涨。你来了。

你赤身裸体没入水中。
我等待。

接着纵身一跃,
火焰、鲜血、牙齿,
我一爪撕下
你的胸膛、你的臀部。

我饮你的血,逐一
折断你的四肢。

我在森林中
不休不眠守候多年,

你的尸骨，你的骨灰，

一动不动，远离

仇恨和愤怒，

你死后武装解除，

被藤蔓缠绕，

在雨中一动不动，

无情的哨兵

守着我杀戮的爱情。

秃　鹫

我是秃鹫,在行走的你
上方飞过,
突然间随着盘旋的
风、羽毛、利爪,
我袭击你,将你抓起,
在呼啸的旋风中、
飓风般的寒冷里。

我带你飞向我的雪塔,
我的黑色巢穴,而
你独自生活,
身上挂满羽毛,
你飞越世界,
在高空,纹丝不动。

雌秃鹰,让我们扑
向这红色的猎物,
让我们撕裂
悸动的生命,
我们一起上升,
我们狂野飞翔。

昆 虫

从你的臀直至你的脚,
我想做一次长途之旅。

我比一只昆虫还要渺小。

我要翻过这些山丘,
它们是燕麦的颜色,
它们有唯我识得的
细碎的踪迹,
烧焦的厘米,
苍白的景象。

这里有一座山。
我永远也走不出去它。
哦,多么巨大的苔藓!
还有一个火山口,一朵
闪着潮湿的火焰的玫瑰!

我顺着你双腿
盘旋而下,
或在旅途中沉睡,

我到达你的膝盖,
圆润坚硬,
像那明亮大陆上
坚挺的山峰。

我滑向你的双脚,
向你尖尖的,缓慢移动的
半岛般的脚趾的
八个缝隙,
从那我滑落到
白被单的
虚无里,盲目且渴望地
寻找你燃烧的
瓮般的轮廓!

怒

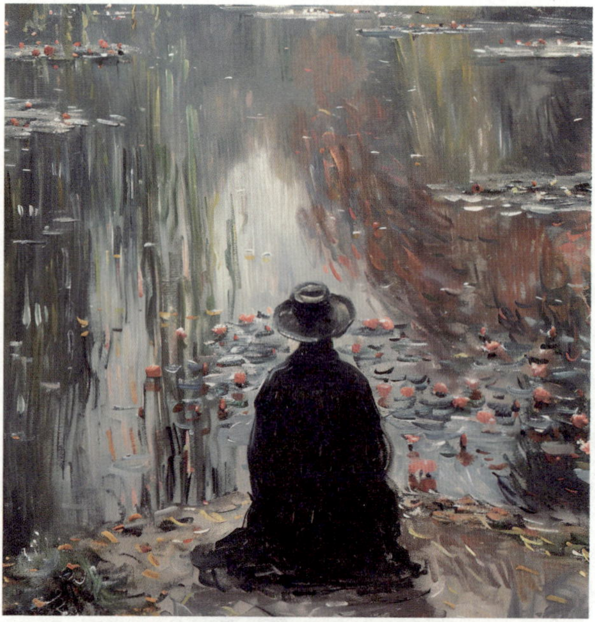

爱

你怎么了，我们怎么了？
我们发生了什么？
哦，我们的爱是一根粗绳
束缚着我们，伤害着我们，
如果我们想
走出伤痛，
如果想分开，
它便将我们绑成新结，判我们
一起流血、一起燃烧。

你怎么了？我看着你，
只有一双眼睛，
和所有的眼睛一样，一张嘴，
与我吻过的千张更美的嘴唇相比，平平无奇，
一个身体，如同一切那些在我的身下悄然滑落的身体，
未留下任何回忆。

你在世界上是多么空虚，
就像一个麦色的罐子，
没有空气，没有声音，没有实质！
我在你身上徒劳地寻找深度，

以我的双臂,
无止境地在地底挖掘:
在你的皮下,在你的眼下,
空无一物,
在你挺起的双峰
之下,
有一股晶莹秩序之水流,
流动着,不知为何而歌唱。
为什么,为什么,为什么,
我的爱,为什么?

永 远

在你面前,
我不嫉妒。

来吧,就算背后
跟着一个男人,
来吧,就算有百位男人在你发间,
来吧,就算在你的胸和足间有千个男人,
来吧,像一条满载
溺水者的河流,
遇上汹涌的大海,
永恒的泡沫,时间。

把他们都带到
我等你的地方。
我们将永远一起独处,
我们将永远是你与我,
双双在大地上
开始生活。

偏 移

如果你的脚再次偏移,
就会被斩断。

如果你的手带你
另辟蹊径,
它就会腐烂。

如果你把我从你的生命中分离,
你将会死去,
尽管还活着。

你将一直以行尸走肉或阴影般,
在世间行走,无我为伴。

问　题

我的爱人，有一个问题
已将你毁灭。

我从满是荆棘的无常中
回到了你身边。

我要你率直如
剑或道路。

而你却坚持
保留我不喜爱的
弯曲的阴影。

我的爱人，
请理解我，
我爱你的全部，
从眼睛到脚，再到指甲，
爱你内心
保留的所有清晰。

是我，我的爱人，

我来轻叩你门。
这不是鬼魂,也不是之前
于你窗前
逗留的人。
我打破了这扇门:
我进入你的生活,
我住进你的灵魂,
你无法抵挡我。

你必须打开一扇又一扇门,
你必须服从我,
你必须睁开眼睛,
好让我在其中寻找。
你必须看到我如何
迈着沉重的步伐
走过那所有的等待着我的
盲目的道路。

你无须害怕我,
我是你的,
但

船长的诗

我既不是旅客也不是乞丐,
我是你的主人,
你一直等待的那个人,
如今我走进
你的生命,
再也不离开,
爱人,爱人,爱人,
将我留下。

浪 女

我从所有女人中选择了你,
让你在大地上
与我心、
与花穗共舞,
或在必要时毫不留情地战斗。

我问你,我的儿子在哪里?

我没有在你那里等待自己、认得自己、
告知自己:"召唤我至大地上
延续你的战斗与歌声。"

把儿子还给我!

你把他遗忘在欢乐之门。
啊,冤家,
浪女,
你忘了你曾来此幽会,
在那最清幽之地中,我们
两人合二为一,将借你之口,
我的爱人,继续诉说

唉，那所有
我们未曾诉说的一切！

当我用血与火的浪花
将你托起，而生命
与我俩间倍增，
记住
有人召唤我们，
以从有过的方式，
而我们没有应和，
我们依然孤独懦弱，
在被我们否认的生命前。

浪女，
打开门，
让你心中的
死结
解开并带着
你我的血
飞越世界！

伤 害

我伤害了你,我的爱人,
我撕破了你的灵魂。

请听我说。
每个人都知道我是谁,
但于你而言,
在那之外的"我"
是一个男人。

在你面前,我动摇,我跌倒,
又炽热地站起来。
所有生灵中,
只有你有权
看到我的软弱。
而你那面包与吉他
的小手
必须拨响我的胸膛,
当它出发去战斗。

我为此在你身上寻觅坚硬的石头。
我将粗糙的手埋入你的血中,

寻找你的坚定
和我需要的深度,
如果我一无所获,
除了你金属般的笑声,我寻觅不到
任何东西可以支撑我艰苦的步伐,
亲爱的,请接受
我的忧伤和愤怒,
容许我敌意的双手
对你稍加破坏,
让你从黏土中崛起,
为我的战斗而重生。

井

有时你会下沉，会坠落，
掉进你沉默的深渊，
掉进骄傲愤怒的深渊，
你几乎无法
回来，即使带着
在你存在的深处
残破的碎片。

我的爱人，你在自己封闭的井里
寻到了什么，
海藻，沼泽，岩石？
你用盲眼看到了什么，
怨恨和伤害？

我的爱人，你不会在你坠入的
井中寻到
我在高处为你保留的东西：
一束带着露水的茉莉花，
一个比你的深渊还要深的吻。

不要害怕我，不要

重陷入你的愤怒。
请甩掉我伤害你的话,
让它飞离敞开着的窗。
它会回来伤害我,
不用你指挥,
因为它蕴含着一个艰难的瞬间,
而那一瞬间将在我胸中缴械。

请对我灿烂地笑,
倘若我的嘴伤害了你。
我非童话里
温和的牧羊人,
而是一个与你分享大地、风和山上荆棘的
好樵夫。

请你爱我,请对我微笑,
帮我做个好人,
请勿伤害我心里的你,那无济于事,
也请不要伤害我,因为那等同于伤害你自己。

梦

漫步沙滩,
我决心离开你。

我踩到一块松动的
黑色泥土,
陷入又抽离,
我决定让你
离开我,你如锋利的石头般
重压我,
我将一步步计划
你的离去:
将你连根拔起,
让你独自随风而去。

啊,在那一刻,
我亲爱的,有一个梦
拍着它可怕的翅膀
覆盖你。

你感觉被泥土所吞噬,
你将我呼唤,可我却没有来,

你走了,动也不动,
没有抵抗,
直到你在泥沙中窒息。

然后,
我的决定与你的梦相逢,
从那使我们灵魂破碎的
裂痕,
我们重现,洁净而赤裸,
彼此相爱。
无梦,无沙,
完整而耀眼,
被火封存。

如若你把我遗忘

我想让你知道
一件事。

你知道的:
如果我于悠缓的秋天立于窗口
看着
晶莹剔透的月亮、火红的枝丫,
如果我于炉火边
轻触
细碎的灰烬
或木杆的褶皱,
悉数将我带于你,
就像所有存在的事物,
香气、光线、金属,
都是一艘艘航行的小船,驶向
等候我的,你的岛屿。

那么现在,
如果你一点一点地停止爱我,
我也将一点一点地停止爱你。

如果你突然
将我遗忘,
请勿来寻我,
因我早已把你遗忘。

如果你认为那穿于我生命中的
旗帜之风
悠长而狂妄,
而你决定
将我撇在
我扎根的心灵之岸,
请记得
在那一天、
那一刻,
我将高举双臂,
我的根就会伸出去,
去寻找另一片土地。

但是
如果每一天、
每一刻,

你都欢欣雀跃地
觉得与我缘分天定,
如果每一天都有一朵花
爬上你的唇边寻找我,
啊,我的爱,啊,我的人儿,
在我心里所有的火焰会再次燃起,
熄不灭也忘不了,
我的爱由你的爱滋养,亲爱的,
只要你活着,它就会在你的怀里,
且不会从我怀里分离。

遗 忘

所有的爱在一个
如地球一般宽的酒杯里,所有的
爱,伴着星星和荆棘——
我给了你,你却用
穿着脏跟鞋的小脚
踏过火堆,把它扑灭。

啊,伟大的爱,心爱的小家伙!

我没有停止战斗。
我为了众生没有停止向生活前进、
向和平前进、向面包前进,
但当我将你于怀里举高,
以我之吻钉住你,
以我之眼看着你,
仿佛不再有其他人的眼看你。

啊,伟大的爱,心爱的小家伙!

那时你没有衡量我的身高,
这个为你放弃了

血、麦子、水的男人，
你误以为他是
落在你裙摆的小昆虫。

啊，伟大的爱，心爱的小家伙！

不要期望我会在远处
回头看你，请保留
我留给你的东西，带着
被我遗弃的照片漫步，
我将继续前行，
于阴影中开辟宽阔的道路，
大地变柔软，分送星光
为来者照耀。

请留在路上。
夜幕已为你降临。
也许在清晨
我们会再次相遇。

啊，伟大的爱，心爱的小家伙！

姑娘们

你们这些寻找伟大的爱、
可惧的爱的姑娘,
什么东西过去了,姑娘们?

也许是
时间,时间!

因为现在,
就在这里,看它如何流逝,
拖着天国之石,
摧残花朵与树叶,
发出噗噗的泡沫声
撞击着你整个世界的石头,
带着生命的液体和茉莉的香气
在渗血的月边!

而现在,
你触碰水面,用你的小脚
和你的小心脏,
你却不知所措!

某些夜行,
某些公寓,
某些最开心的散步,
某些毫无要义的舞蹈,
都胜过
继续这趟旅行!

你因恐惧或寒冷,
或怀疑而死去,
而我迈着大步,
我将找到她,
在你之内
或远于你外,
她也会找到我,
在爱面前她不会战栗,
将与我融合
为一,
生死与共!

你 来

你并未让我受苦,
只是让我等候。

那些纠结的
时光,满是
蛇,
当
我的灵魂坠落,我窒息,
你便走了过来,
你赤身裸体、满身抓痕前来,
你血淋淋地来到我床前,
我的新娘,
然后
我们睡着。
走了整整一夜,
当我们醒来时,
你崭新如初,
仿佛肃穆的梦之风
刚往你的长发
添了一把火,
在麦子和银子中浸染

你的身体，直至耀眼夺目。

我并未受苦，我的爱，
我只是在等候你。
你必须改变你的心
和你的视野，
在触到我胸膛给予你的
海洋深处之后。
你必须从那纯净之水离开，
就像一滴
被夜波托起的水珠。

我的新娘，你必须
死而复生，我等待着你。
我没有为了找寻你而受苦，
我知道你会前来，
从我并不仰慕的人
成为一个我爱慕的新女子，
她有着你的眼睛、双手和嘴唇，
却有着另一颗心，
于黎明伴我身侧，

船长的诗

仿佛她始终在那，
伴我一生。

生

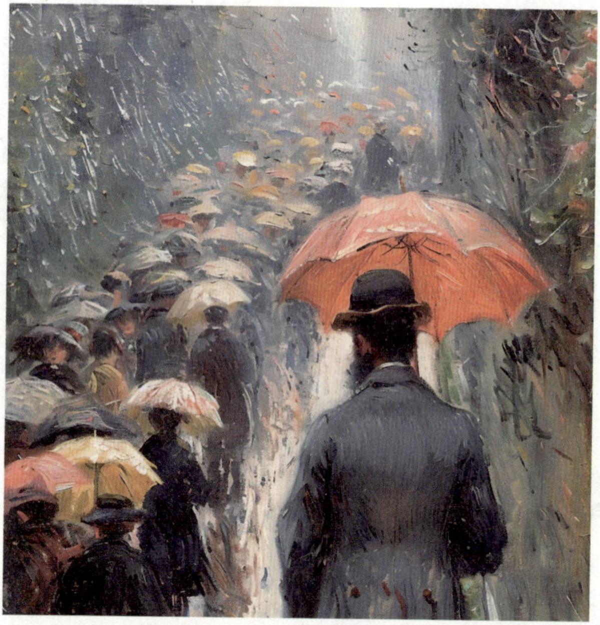

山 河

在我的故乡有一座山。
在我的故乡有一条河。

跟我来。

黑夜上山。
饥饿下河。

跟我来。

谁在受苦？
我不得而知，但他们是我的故乡人。

跟我来。

我不晓得，但他们在呼唤我
并告诉我："我们苦。"

跟我来。

他们对我说："你的同胞，

你不幸的同胞,

在山河之间,

饥饿和痛苦,

不想孤军奋战,

他们在等你,我的朋友。"

哦,你,我的爱人,

小小的、红色的

麦粒。

战斗会很艰苦,

生活会很困难,

但你会与我同行。

贫　穷

啊，你不想，
你害怕
贫穷，
你不愿
穿着破鞋子去市场，
回来还穿着旧衣服。

我的爱，我们不愿
生活困苦，富人则
希望我们如此。我们
要像对待一颗迄今为止仍在啃咬
人心的坏牙一样将贫困拔除。

但我不愿
你害怕它。
如果它因我的过失来到你的居所，
如果贫穷赶走了
你的金鞋，
万万不要让它赶走你的笑声，因为那是我生命的面包。
如果你付不起房租，
就迈着骄傲的步伐去工作，

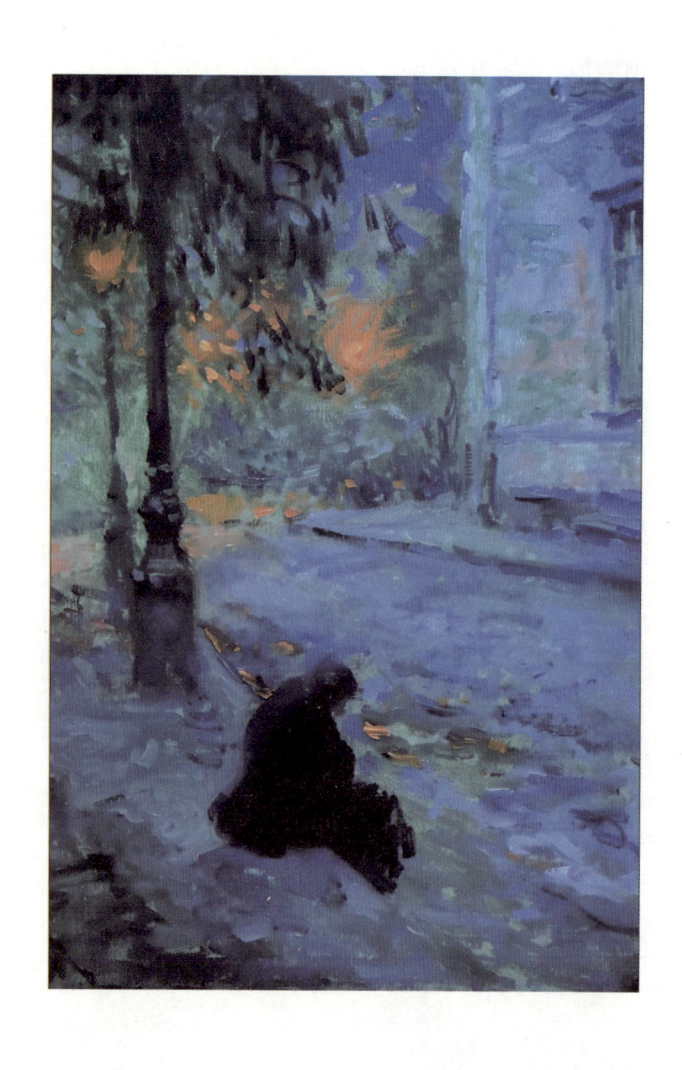

想想吧，亲爱的，我正看着你，
我们在一起是世上
最伟大的财富。

众 生

啊,有时我觉得和我
在一起你并不自在,
我,人中之杰!

因你不知道,
和我一起的
是数千张你看不见的杰出的脸,
数千与我并肩作战的脚步和胸膛,
我不是我,
我不存在,
我只是那些与我同行者的先锋,
我变得更强大,
因为我身上承载着的
不是我的微小的生命,
而是那些所有的生命。
我安然前行,
因为我有数千双眼睛,
我以石头的重量击打,
因为我有数千双手,
我的声音传遍所有
大地的边际,

因为它是
沉默众生的声音、
不曾高歌的声音,
在今日借亲吻你的
这张嘴歌唱。

船长的诗

旗 帜

与我一同起来。

没有人比我
更愿意留在
那枕头上,你的眼皮
想为我关闭整个世界。
我也想在那
让我的血液
围绕着你的甜蜜入眠。

但是,起来吧,
你,起来,
和我一起站起来,
让我们一起出去
以血肉之躯携手
对抗邪恶的蜘蛛网,
对抗引发饥饿的制度,
对抗制造苦难的组织。

走吧,
而你,我的星星,在我身旁,

于我的黏土中新生，
你将找到隐藏的泉水，
在烈火中，你将
在我身旁，
用你桀骜的双眼，
高举我的旗帜。

士兵之爱

在战争中,命运带你
成为士兵之爱。

穿着劣质的丝衣,
指间戴着假宝石,
你在火海中穿行。

来吧,流浪者,
来饮我胸前
红色的露水。

在过去你不想知道自己的去向,
你是舞伴,
你没有党派,没有国家。

如今你伴我前行,
你看到生命与我同在,
而身后是死亡。

你再也无法回去
身着你的丝衣在厅里起舞。

你会磨坏鞋子，
然而征程将让你成长。

你必须踏着荆棘
流下一滴滴血。

再吻我一次，亲爱的。

把枪擦亮，同志。

不仅是火

啊，是的，我记得，
你紧闭的双眼，
仿佛里面满溢着黑光，
你的整个身体就像一只张开的手，
像一簇洁白的月光。
当我们被闪电杀死，
当匕首刺伤我们的根部，
一束光折断了我们的头发。
当我们
再次
重获新生，
仿佛从大海中走出，
犹如从海难中
伤痕累累地
在礁石和红色海藻间归来。

但是
还有其他记忆，
不仅有火焰中的花朵，
还有小蓓蕾
突然出现，

当我在火车上
或在街上。

我看到你
在清洗我的手帕,
将我的破袜子
挂于窗前,
你的身影在万物之中,
所有的欢愉如火焰坠落
却没有摧毁你,
再一次,
你成为日常的
小女人,
再次成为凡人,
谦卑的凡人,
骄傲地贫穷,
你须如此才能
不成为被爱情灰烬
摧残的短命的玫瑰,
而是全部生活,
伴随着肥皂和针线,

带着我喜爱的
来自我们可能无法拥有的厨房
散发的香气,你的手在炸薯条,
你的嘴在冬日里歌唱,
同时烤肉出炉,
这将是我在人世间
永恒的幸福。

啊,我的生命,
不仅是燃烧在你我之间的火焰,
而是所有的生活,
简单的故事,
一个女人和一个男人间
简单的爱,
如芸芸众生。

亡 者

如果你突然不存在，
如果你突然不在世，
我会继续活下去。

我不敢，
我不敢写，
如果你死了。

我会继续活下去。

因为在一个人没有声音的地方，
我的声音就在那里。

在黑人被殴打的地方，
我不能死。
当我兄弟们入狱，
我将与他们同去。

当胜利，
并非我的胜利
而是伟大的胜利

来临时,
即使我哑了也要说:
即使我瞎了,我也会看到胜利的到来。

不,请原谅我。
如果你不在世,
如果你,亲爱的,我的爱人,
如果你
死了,
所有的落叶都将飘落于我胸前,
我的灵魂将日夜下雨,
雪将焚烧我的心,
我将同寒冷、烈火、死亡和风雪前行,
我的脚步将迈向你长眠的地方,
但
我将继续活下去,
因为你最希望我能
不屈不挠,
并且,我的爱人,因为你知道我不是一个人,
而是所有人。

小美洲

当我看着
地图上美洲的形状,
我的爱,我看到的是你:
你头顶铜的高地,
你的胸脯,小麦和白雪,
你纤细的腰肢,
湍急的河流,甜美的
山丘和草地,
在寒冷的南方,你的双脚复制完成了
其金色的地理。

我的爱,当我触摸你时,
我的双手不仅
抚摸过你的喜悦,
还有树枝和泥土、果实和水,
我爱的春天,
沙漠的月亮,野鸽的
胸脯,
被海水或河水磨平的
石子的光滑,
和灌木丛中

口渴和饥饿
于红色密林窥伺。
如是,啊,小美洲,我广袤的故乡,
在你身上迎接我的到来。

更有甚者,当我看到你躺下,
在你的皮肤里,在你的燕麦色中,
我看到了我情感的国籍。
因为从你的肩膀上,
炙热的古巴的
砍蔗工
看着我,满是黑汗,
从你的喉咙里
颤抖的渔民
在岸边潮湿的房子里
向我唱出他们的秘密。
你的身体也是如此,
受人爱戴的小美洲,
那土地和人民
打断我的亲吻,
于是你的美丽

不仅点燃了

我们之间不会熄灭之火，

还用你的爱召唤我，

并通过你的生命

给予我所匮乏的生命，

在你爱的滋味中还添进了泥土的味道，

等待我的大地之吻。

颂歌与萌芽

祝婚词

途中信

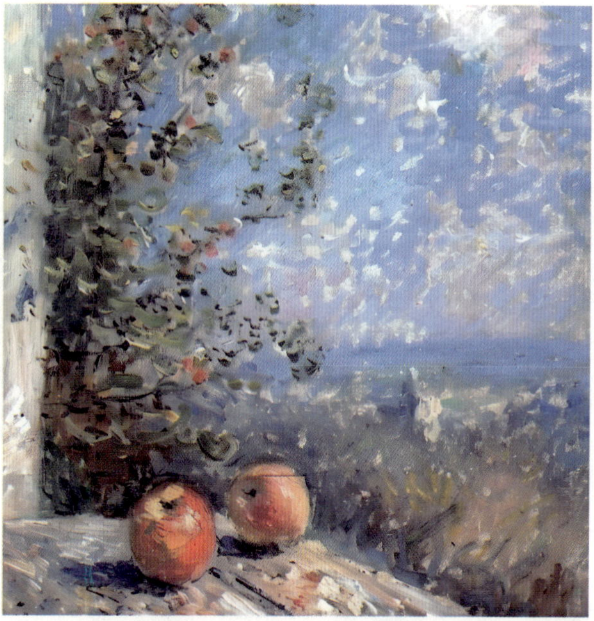

颂歌与萌芽

1

你嘴唇的滋味和你皮肤的颜色,
皮肤、嘴唇,这些疾驰日子里我的果实,
请告诉我,它们是否总是在你身旁,
穿过岁月、旅程、月亮和太阳,
大地、哭泣、雨水和欢乐,
抑或仅是现在?
它们自你根部而出,
就像水给干涸的土地带来
它不曾知晓的幼芽,
还是像被遗忘的陶罐,
带着泥土的味道在水中升腾?

我不知道,别告诉我,你也不知道,
没有人知道这些。
但当我所有的感官靠近
你皮肤的光泽时,你消失了,

你融化了，就像
水果酸酸的香气
和道路的温热，
脱粒玉米的味道，
纯净午后的忍冬，
尘土飞扬的大地的名字，
故乡的无限芬芳，
玉兰花和灌木丛，鲜血和面粉，
奔腾的骏马，
村庄蒙尘的月亮，
新生的面包。
啊，你皮肤的一切都回到了我的嘴边，
回到我的心里，回到我身体里，
我回到你身边，一起成为
大地，你就是大地：
你在我深深的春天里：
我在你体内，我再次知晓如何萌芽。

2

我早该感受到的,
你的岁月簇拥在我身边成长,
在你得知太阳和大地注定要你
抚慰我石块般的双手,
在你用一颗颗葡萄酿成的
美酒在我的血管里歌唱。
风或马
转向,
让我穿过你的童年,
你每天看到的是同一片天空,
同一片黑暗冬天的泥泞,
一望无际的李树林
和它深紫色的甜蜜。
只有几里夜色,
野外黎明,
湿润的距离,
一抔黄土将我们隔开,我们
没有跨过
透明的墙壁,以便往后的生命
即使把所有的
海洋和大地

横在我们之间，我们也能相逢，
无论相距多远，
我们一步步寻找彼此，
漂洋过海，
直到我看到天空燃烧，
你的头发在光中飞舞，
你带着一颗解开锁链的流星之火
前来吻我，
当你融化在我的血液里，
我的嘴尝到
我们童年的野梅树之甜美，
我将你紧搂在胸前，
仿佛大地和生命失而复得。

3

我的野丫头,我们必须
让时间倒流,
在我们生命的
远方,逐一亲吻,
从某个地方拾回我们付出时没有
喜悦的东西,在另一处地方发现
让你我足迹靠近的
秘密之路,
于是在我的嘴下,你又
看到了你未满足的生命之树,
朝着我等待着你的心
伸展其根枝。
那些我们分隔两地的夜晚,
一个又一个加入
我们结合的夜。
交给我们
每一天的光芒,
它的火焰或宁静,
在时光之外,
从而于阴影与光芒发掘出
我们的宝藏,

于是我们亲吻生命：
所有的爱在我们的爱中被包围，
所有的渴求都在我们的拥抱中结束。
在这里，我们终于可以面对面，
我们找到了彼此，
我们没有失去什么。
我们唇齿相依，
我们于生死之间
千百次地变更，
我们带着所有东西，
就像当初死亡的勋章，
我们全都扔进了海底，
我们学到的一切
对我们毫无益处：
我们重新开始，
我们再次结束
生与死。
在这里我们存活，
纯粹，带着我们创造的纯洁，
比大地更广阔，不会让我们误入歧途，
永恒，如同只要生命不息
便会永远燃烧的火焰。

4

落笔到此,我的手停了下来。
有人问我:"告诉我为什么,如同海浪
涌向同一片海,你的话语
不停地前往,然后返回到她的身体?
她是你唯一爱的形体吗?"
我答道:"我的手从未厌倦
她,我的吻从未停歇,
我为什么要收回那些
重现她爱抚缠绵痕迹的话语,
那些徒劳的
如用网盛水——
最纯净的生命之潮
的表面和温度之话语?"
我的爱,你的身体不仅是
一朵玫瑰在阴影或月亮中升起,
或惊喜或追逐,
它不仅是移动或燃烧,
血的行为或火的花瓣,
而且你为我带来了
我的领地,我童年的黏土,
燕麦的波浪,

我从森林中采摘的
黑果的圆皮，
木材与苹果的芬芳，
落着秘密果实与深叶之
隐秘水域的颜色。
哦，我的爱，你的身体
如瓮般纯粹的线条，
从认识我的大地升起，
当我的感官发现你时，
你悸动着，仿佛雨水和
种子在你体内不断落下。
啊，让他们告诉我如何
才能废止你，
让我的双手失去你的形体，
从我的话语中激发出火焰。
我温柔的可人儿，请在这些诗行里
休息你的身体，这些诗得之于你的
比你的触摸带给我的更多，
请活在这些字里行间，
重复其中的甜蜜与火热，
在其音节中颤抖，
于我名上安眠，就像你已
睡在我的心上，如是明天
你形体的空洞
将容纳我的话语，

船长的诗

有朝一日,听到它们的人将收获一阵
麦子和罂粟的风。
爱的躯体仍将
于大地之上呼吸!

5

麦子和水,
水晶或火焰的丝线,
文字与黑夜,
工作与愤怒,
阴影与温柔,
你都一点一点地缝进
我破旧的口袋,
你等候我,我的爱人,
不仅是在那爱与殉情孪生,
如两只火警铃般
震动的地带,
并且在最微小的
甜蜜的义务里。
意大利的金色油彩为你增添了光环,
烹饪和缝纫的圣人,
你的娇媚,
在镜前顾盼流连,
用你让茉莉都
艳羡的花瓣之手
清洗餐具和我的衣物,
消毒伤口。

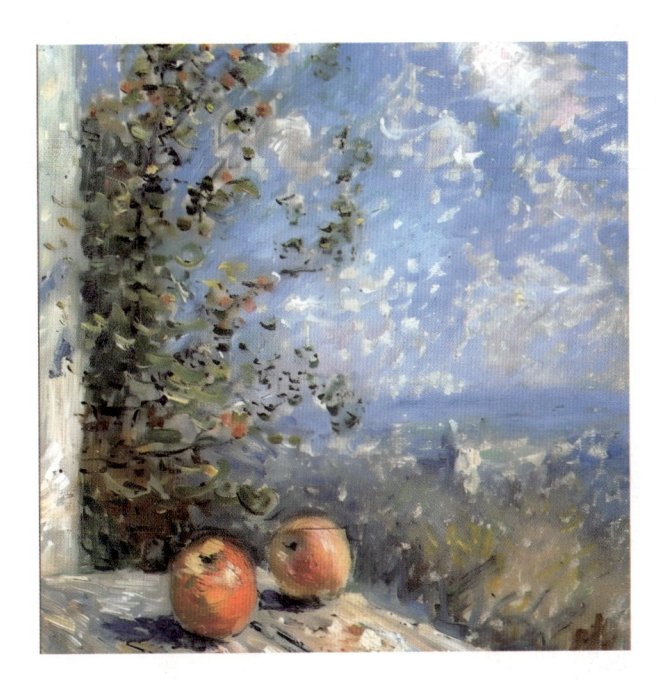

我的爱人,你有备而来,
如罂粟,如游击队般
参与我的生命。
我穿行在丝绸的绚丽中,
带着饥渴,
我只为你带到这个世界。
丝绸背后
是与我并肩作战的
铁女。
我的爱,我的爱人,我们在此相遇。
丝绸和金属,靠近我的嘴。

6

因为爱情会相斗,
不仅在燃烧的农务里,
也在男人和女人的嘴里,
我终将上前,
对抗那些试图将黑脚插入
我的胸膛和你的芬芳之间的那些人。
他们说再多我的坏话,
我的爱人,也不会比我
说与你听的多。
在遇见你之前,
我住在草原上,
我没有等待爱情,而是
潜伏并扑向玫瑰。
他们还能告诉你什么?
我既不好也不坏,我只是一个男人,
他们还会把那些你知晓的
我的生命危险添上去,
那些你曾激情分担的危险。
是的,这种危险
是爱的危险,一心一意
去爱整个人生,

去爱芸芸众生的危险。
如果这种爱给我们带来的是
死亡或牢狱之灾,
我坚信你的那一双大眼,
当我吻上它们时,
将会骄傲地闭上,
双倍的骄傲,我的爱,
你与我的骄傲。
但在我的耳边,
它们会先来摧毁,
将我们紧系在一起的甜蜜而坚硬的爱情之塔,
他们会对我说:"那个你爱的
女人
并不适合你,
你为什么爱她?我想,
你可以找到一个更美丽,
更认真,更深刻,
更多优点的,你知道我的意思吧,看她多轻浮,
还有她的头,
看看她的穿着打扮,
等等等等。"

而在这字里行间我说:
正因如此我才爱你,我的爱,
我的爱人,这就是我爱你的原因:
你的穿着打扮,
你高耸的
头发,爱你
嘴角的微笑,
轻盈如泉水般
流淌在纯净的石头上。
我正是因此而爱你,亲爱的,
我不求面包教我些什么,
只求它在我生命的每一天
都不要缺失。
我对光一无所知,
自何处来,往何处去,
我只希望光芒闪耀,
我不求黑夜
给出解释,
我等待它,它笼罩我,
而这就是你,面包
和光与阴影。

你走进我的生活，
带来你的一切，
由光芒、面包和影子做成，
我等待着你，
如是我需要你，
如是我爱你，
对于那些明天想听到，
但我不会朝其透露之事的人，让他们在这里读诗吧，
今天就先退回去，因为这些争论
为时过早。
明天我们只给他们
我们爱情之树上的一片叶子，一片
就像我们唇做成的
会飘落大地的叶子，
就像一个吻，从
我们无可比拟的高处落下，
昭告真爱的
火与温柔。

祝婚词

你还记得
冬天
我们来到岛上的时候吗?
海水向我们涌来,
高举寒气之杯。
墙壁上的爬藤,
沙沙作响,
任由深色的叶子落下。
当我们路过时,
你也是一片小叶子
在我胸口颤动。
生命之风把你吹到这里。
起初我未看见你:我不知
你正与我同行,
直到你的根
刺入我的胸膛,
与我的血脉相连,
通过我的嘴说话,
与我一起盛放。
你那般不经意地出现,
像隐形的叶子或树枝,

突然间我的心
结满果实,发出声音。
你住进了
在黑暗中等待着你的房子,
然后点亮了灯。
我的爱人,你可曾记得
我们初次踏上小岛的步伐?
灰色的石头认出了我们,
大雨如注,
风在阴影中的呼啸。
但那火是
我们唯一的朋友,
火堆旁我们
四臂环绕着
冬日甜美的爱恋。
火见证了我们赤裸的亲吻上升
直到触及隐秘的星辰,
它看到痛苦的诞生和消亡,
就像一把断剑
臣服于无敌的爱。
你还记得,
哦,我阴影中沉睡的人,
梦是如何在你身上
生长的,
从你赤裸的胸膛

张开一对圆顶。

向着大海，向着岛上的风，

我在你的梦里航行，

自由自在，乘风破浪，

却又被束缚沉入

你甜蜜的蓝色海洋里。

哦，亲爱的，我亲爱的，

春天改变了

那岛屿的墙壁。

一朵花盛开，

如同一滴橙红的血，

而后色彩卸下

其纯净的重量。

大海重新获得其澄澈，

天空中的夜色

星团簇簇夺目，

万物已在低吟

我们爱的名字，一颗一颗石头

诉说着我们的名字与亲吻。

石头和苔藓之岛

在洞穴的隐秘中回荡，

如同你嘴里的歌声，

于石缝中长出的

花朵

用其秘密音节

在经过时呢喃你

灼热植物般的名字。

峭壁耸立

如世界之墙,

听懂了我的歌。我亲爱的,

万物诉说,

你的爱,我的爱。亲爱的,

因为大地,时间,海洋,岛屿,

生命,潮汐,

胚芽半开着其

泥土中的嘴唇,

吞噬的花朵,

春天的律动,

万物皆认出我们。

我们的爱诞生

于墙外,

于风中,

在夜里,

在土里,

正因如此,黏土和花冠,

泥土与树根

知道你的名字,

也知道我的嘴

与你的嘴相连,

因为我们一同被播种于大地,

却唯独我们不知道。
我们共同成长,
我们一起开放。
这就是为何,
当我们经过时,
你的名字在
石缝中生长的玫瑰花瓣上,
而我的名字在岩洞里。
它们知晓一切,
我们没有秘密,
我们一起长大
却茫然不觉。
大海知道我们的爱,高崖上的
石头知道
我们的吻带着无尽的纯洁,
绽放开花,
就像石缝里,一张猩红
的嘴:
这样知晓我们的爱和吻,
让你我的嘴
结合于一朵永恒之花。
爱人啊,
甜蜜的春天,
花和海,环绕着我们。
我们不会用它

换取我们的冬天。
当风
开始破译其如今每时每刻都在重复的
你的名字,
当
树叶不知道
你是一片叶子,
当
树根
不知道你于我胸口
找寻我。
爱人啊,爱人,
春天
供给我们天空,
但黑暗的大地
是我们的名字,
我们的爱属于
所有的时间和大地。
彼此相爱,我的手臂
在你沙一般的脖颈下,
我们将等待
一如岛上的
时光和土地的变迁,
一如叶子从
沉默的爬藤落下,

一如秋天破窗
而去。
但我们
会等待
我们的朋友,
我们红色眼睛的朋友,
火,
当风再次
撼动岛屿的边界,
却不认得所有人的
姓名。
冬天
会寻找我们,亲爱的,
永远都会,
它会寻找我们,因为我们认得它,
因为我们不怕它,
因为我们
与火
相伴
永远,
我们与大地
相伴永远,
我们与春天
相伴永远。
当从

藤蔓上
落下一片叶子，
亲爱的，你知道
那片叶子上
写着什么名字吗？
一个属于你和我的名字，
我们爱的名字，独一无二的
名字，刺穿冬日的
箭，
无坚不摧的爱，
那些日子的火，
落于我胸前的
一片叶子，
来自生命之树的
一片叶子——
筑巢歌唱，
生根发芽，
开花结果。
所以你看，亲爱的，
看我是如何
前行于岛屿，
穿梭于世界，
在春日中安然无恙，
在寒冷中疯狂发光，
在火焰中悄然前行，

双臂高举

你花瓣的重量,

仿佛我从未走过,

除非与你、我的灵魂同行,

仿佛我不知如何行走,

除非与你相伴,

仿佛我不知如何歌唱,

除非有你和唱。

途中信

别了,但你会与我
一起,你将进入
在我血管里循环的一滴血里,
或在外面,一个让我脸颊发热的吻,
或我腰间的火带。
我的爱人,请接受
我生命中的伟大爱情,
它在你身上找不到领地,
犹如探险家迷失在
面包和蜂蜜的岛屿。
我将在暴风雨之后
遇到你,
雨水洗净了空气,
在水中,
你甜美的双脚像鱼一样闪亮。

亲爱的,我即将去战斗。

我将划破大地,为你挖一个洞,
你的船长
会在床上铺满鲜花等着你。

别再想了，我的宝贝，
拦在我们之间，
滑过的苦痛，
就像一道磷光，
也许会在我们身上留下烙印。
和平的到来也是因为我回到
我的土地战斗，
因为你给予我的那一份
永恒的血液，
我的心已经完整，
还因为
我的双手
满是你赤裸的实体，
看我，
看我，
在海边看我，我光芒四射，
在我航行的夜晚看我，
大海和黑夜都是你的眼睛。
当我离开时，并没有离开你。
现在我要告诉你：
我的土地将属于你，
我要征服它，
不仅为了给你，
也是为了所有人，
为了所有的同胞。

强盗终有一天会离开他的巢穴。
侵略者终将被驱逐。
所有生命的果实
都将在我熟悉火药的
手中生长。
我将懂得如何爱抚新生的花朵,
因为你教会了我温柔。
我的甜美的可人儿,
它们将与我并肩作战,
因为你的吻就像红旗一般
住在我心里,
如若我跌倒,不仅
大地将覆盖我,
你带给我的这份于我的血液中循环的
伟大的爱也会。
你将与我同行,
在那一刻,我等待你,
在那一刻,在每一刻,
在每一刻,我都等你,
当憎恨的悲伤
前来叩你的门,
告诉它我在等你。
当孤独要与你交换
写着我名字的戒指,
告诉它来说与我听,

告诉他我应该离开，
因为我是一名战士，
告诉他我在何处，
在雨中或
火中。
我的爱，我等你。
我在最艰苦的沙漠里等你，
在那盛开的柠檬树旁等你，
在所有有生命存在的地方，
在春天诞生的地方，
我的爱，我等你。
当他们对你说"那个男人
并不爱你"时，请记住
我的双脚独自在夜色中，寻觅
我爱慕的那双甜美小脚。
我的爱，当他们告诉你
我已把你遗忘，即使
是我这么说，
当我这么说，
不要相信我，
有谁，有什么办法，能将
你割离我的心？
有谁会接受
我的血，
在我淌血朝你走去？

但我也无法
忘记我的同胞。
我要在每一条街道,
在每一块石头后面战斗。
你的爱也会帮助我:
它是一朵闭合的花
一次次以其芬芳充盈我,
在我的体内如一颗巨大的星星
砰然绽放。

我的爱人,这是夜。

黑水,沉睡的
世界将我包围。
黎明即将来临,
与此同时,我写信给你
是为了告诉你:"我爱你。"
为了告诉你"我爱你",请照料,
洁净,升华,
捍卫
我们的爱,我的灵魂伴侣。
我把它留给你,就像留给你
一抔带着种子的泥土。
生命将从我们的爱中诞生。
他们将在我们的爱中啜饮。

也许有一天,
一个男人
和一个女人,就如
我们,
他们将触碰这份爱,即使它仍有力量
灼伤那触摸它的手。
我们是谁?这又有什么关系?
他们将触摸这火焰,
而火,我的爱人,会说出你简单的名字
和我的只有你
知道的名字,因为这世上
唯独有你知道
我是谁,因为没有人能如你的,
如你的一只手那样了解我,
因为无人
知道我的心如何
燃烧,何时燃烧。
只有
你棕色的大眼睛知道,
你宽宽的嘴巴,
你的皮肤,你的胸脯,
你的腹部,你的内脏,
还有被我唤醒的,以便于
持续歌唱直到生命尽头的
你的灵魂。

我的爱人,我等你。
别了,我的爱人,我等你。
亲爱的,我的爱人,我等你。

这封信就此结束,
毫无悲伤。
我的脚坚定地踏在大地上,
我的手于途中写下此信,
在生命途中,我将
永远
与朋友同在。面对敌人,
我的嘴里含着你的名字
和一个永不会
与你嘴分离的吻。

一百首爱的十四行诗

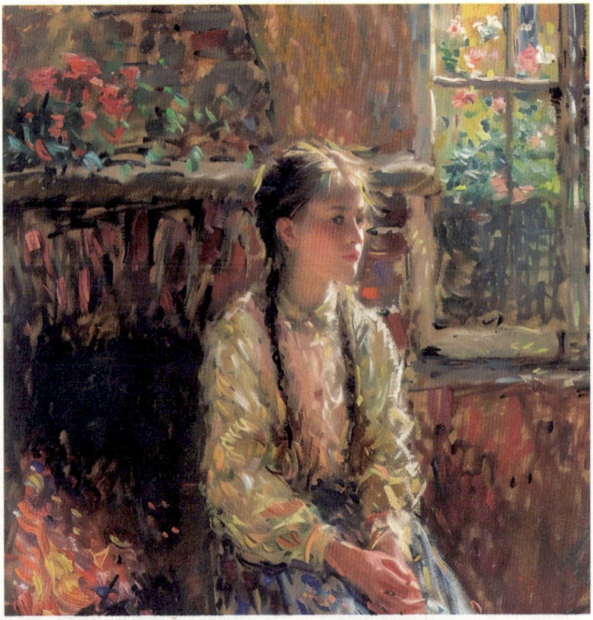

第一首

玛蒂尔德:植物、石头或酒之名,
由大地孕育、绵延久远,
名字承载黎明的生长,
在夏日绽放柠檬之光。

在这个名字里木制的船只航行,
在蓝海烈焰中徐徐驶来,
一如那注入我心的
江河水流。

哦,显露于藤蔓下的名字,
犹如通往未知隧道的门,
与世界的芬芳紧密相连!

请用你炙热的唇吻遍我身,
如果你愿意,请用你黑夜般的眼讯问我,
唯愿我能在你的名字里航行与安眠。

第二首

我的爱人,需要走多远方可得一吻?
需要经历漫长的孤独才能与你相伴!
雨中火车孤独行驶。
塔尔塔尔未显春光。

然而你与我,我的爱人,我们相依相伴,
衣袂相连,情意绵绵。
秋天、水流、臀间交融,
只剩你我两人,紧密团结。

想象河床上满载千石的溪流,
往博罗亚河入海处流淌。
即使火车与国界分隔,

只要你我相爱,
和万物混合:和男人,和女人,
和孕育、教养康乃馨的大地。

第三首

苦涩的爱,以荆棘为冠的紫罗兰,
充满刺人的热情的灌木丛,
你是忧伤之矛,愤怒的蓓蕾。
你是如何穿越千道迷径,寻觅我心灵的所在?

又为何突然燃烧得如此炽烈,
却又在寒冷道路的落叶间飘散?
是谁把你带来我身边?又是哪朵花,
哪块石头,哪缕烟雾指示了我的住所?

骇人的夜确实颤动着,
黎明洒在酒杯上,
阳光坚定它存在的权威,

而残忍的爱冷酷地包围我。
剑与刺穿透我,体无完肤,
在我心中创造出一条炙热之路。

第四首

你会永远怀念那个变化莫测的溪谷，
充满令人心跳的芬芳氛围，
不时有着慢悠悠的水鸟穿梭其间，
这是冬天的装束。

你会忘不了大地赐予我们的礼物：
怒而绽放的花香，黄金般肥沃的土地，
灌木丛中各色野草，疯狂扎根的根系，
利如刀剑的奇妙荆棘。

你会铭记你带来的花束。
暗影和宁静中沉淀着珍珠般的水滴。
那花束仿佛一块带着泡沫的宝石。

那段经历是前所未有却又常常发生。
我们去那里，一无所求，
却发现所有东西都在那儿等候。

第五首

夜幕、清风与黎明无法靠近,
只有大地、葡萄串将你环绕,
倾听着纯净水流滋养的苹果,
以及祖国芬芳的土壤和树脂。

从你眼睛的起点金查玛利
到在弗兰提拉为我而造的你的双足,
你是我熟悉的黑黏土:
在你的臀部我再次触到所有麦子。

或许你不曾知晓,阿劳科女子,
在我爱上你之前,我就忘却了离别的吻,
然而我的心一直记着你的唇。

而我像伤患般穿行过一条条街道,
直至意识到我已找到属于我的爱,
亲吻与火山的领土。

第六首

在茂密的森林里迷失了方向,我折下了一枝黑暗的树枝,
渴望着将它的低语送至嘴唇:
或许是雨水在哭泣的声音,
抑或是一个破碎的钟,一颗被切割的心。

那个让我远远觉得隐秘而深沉的东西
被土地所掩藏,
被无边秋天的呼啸和湿漉漉的
树叶阴影所掩盖。

但在那里,从森林的梦中清醒,
榛树枝在我舌下唱出了歌,
它流浪的气息攀爬至我的灵魂,

犹如根须突然寻觅到我,
我所离开的,与童年一同逝去的土地——
我停步不前,被缥缈的芳香所伤。

第七首

"你将与我同去。"我说——没有人知道
我的悲伤因何而起。
对我来说,没有康乃馨也没有小船儿,
只有一段被爱撕裂的伤口。

我重复着:来和我一起,仿佛我将要离世,
没有人看到口中淌血的月亮,
没有人看到向寂静升起的血液。
哦,爱情,现在让我们忘掉带刺的星星吧!

当我听到你的声音重复着
"你将与我同去",就像是释放
痛苦、爱、被囚禁的酒的狂怒。

它从藏在深渊的酒窖中升腾而起,
而我再次在口中感受到了火焰的
血液和康乃馨,石头和灼伤的味道。

第八首

如果你的眼睛不是月亮的颜色,
不是充满黏土、工作和火的日子的颜色,
如果你不是受监禁时仍能灵活如风,
如果你不是琥珀色的星期,

如果你不是黄色的时刻,
当秋天攀爬于藤蔓间,
如果你不是芬芳的月亮所揉制的
面包,面粉遍撒于天际,

哦,心爱的人,我将无法爱你!
当我拥你入怀,我便拥有了一切——
沙子、时间、雨树。

万物生机勃勃,我遂能生机勃勃。
就算没有走得太远我也能看到万物。
在你的一生中,我看到了众生。

第九首

在浪潮撞击顽石的一瞬间,
光芒爆发,展现出它的玫瑰。
海洋缩小成一束花苞,
汇聚成一滴蓝色的盐水滴落。

哦,绽放于泡沫中的木兰花,
迷人的过客,死亡开出花朵,
永恒地归于有与无。
海盐爆裂出来,令人炫目的洋流。

你和我,我的爱,让我们一同封住沉默,
当海洋摧毁它持续的镜像,
摧毁它狂热而洁白的塔楼,

因为在这看不见的由水织成的网中,
漫漫的水波和滚滚沙石,
我们承载起唯一而紧迫的柔情。

第十首

温柔的她如音乐与木般婉约,
像玛瑙、绸缎、谷物、透明的桃子,
打造出一座昙花一现的雕像。
她迎着浪散发出她对立的新鲜。

海水沾湿了
仿佛刚在沙滩上雕刻完成的玉足。
现在,她以女性的玫瑰之火
化为太阳与大海搏斗的一颗气泡。

啊,愿寒冷之盐触碰你的一切!
愿爱不破坏完整的春天!
美丽的人,永恒泡沫的回声,

让你的臀部在水中摇摆,
就好像天鹅或百合的新韵律,
当你的身影飘浮过那永恒的水晶。

第十一首

我渴望你滋润的嘴唇，悦耳的声音，飘逸的头发。
我穿越街道，心中乏力，静默无言。
面包无法满足我，黎明唤起我内心的不安，
白日里寻觅着你的足迹。

我渴求你婉转的笑声，
渴望你有着丰收色泽的双手，
渴望苍白如玉石般的指甲，
我想吃掉你的皮肤像吞下一整颗杏仁。

我想吃掉在你可爱的体内闪耀的阳光，
迷恋你高贵鼻子上的骄傲，
渴望吃掉你睫毛上闪烁的幻影。

饥饿难耐的我在暮色中嗅觉敏锐，
寻找着你，追寻着你炽热的心，
如同孤独于荒野的美洲狮。

第十二首

丰满的女性、肉做的苹果、火热的月亮,
海草、泥浆和捣碎的光浓郁的气味,
在你的双腿间显现出何等深邃的黑暗!
男子以感官触摸到的是什么样古老的夜?

哦,爱情是一场拥有水和星星的旅程,
是一片令人窒息的空气和突如其来的面粉飞扬;
爱情是闪电的撞击,
是臣服于一种蜂蜜的两个身体。

一个个的吻让我穿越你的无尽小径,
你的边缘,你的河流,你的小镇。
生命之火融化为喜悦

在血液的微观通道中流淌,
直到它快速倾泻如夜晚的康乃馨,
直到他似实实虚,如一道暗中的光。

第十三首

你身上的光芒从脚升至头发,
那包裹你纤柔躯体的力量,
不像由海洋珍珠母贝制成,也不像冰冷的银所铸造:
你就像一块面包,被火所喜爱。

面粉与你一同增长,
伴随着幸运的岁月,
当谷物使你的胸部倍增时,
我的爱是土中待命的煤炭。

哦,你的额头是面包,你的腿是面包,
你的嘴也是,我欲吞噬的面包,随晨光而生的面包。
亲爱的,面包店的招牌,

火教会了你血的智慧,
从面粉中你领悟到自己的
来自面包的语言和香气。

第十四首

我没有足够的时间来赞美你的头发。
我本该一个一个地数它们并赞美它们。
其他情人想和美共同生活,
而我只想成为你的理发师。

在意大利,人们给你取名为美杜莎,
因为你的卷曲而亮丽的秀发。
我称呼你为我的"小卷毛",凌乱可爱。
我的心知道你发丝的去向。

当你在自己的头发中迷失时,
请不要忘记我,记得我爱你。
请不要让我失去你的爱而孤身一人

在所有道路的阴暗世界中徘徊,
那里只有阴影、短暂的痛苦,
直到阳光洒在你的头顶。

第十五首

自古以来,大地就认识你:
你像面包或木材那样紧密,
你是实体,是那样的坚固,
你承载着刺槐和金色蔬菜的重量。

我知道你存在,不仅因为你的眼神飘逸,
如同敞开的窗户为事物带来光明,
而且因为你是由泥土塑造与烧焦,
在奇廉,一座惊艳的土砖烤炉中。

生命溢散如空气、如水、如寒冷,
模糊不清,在时间的流逝中离去,
仿佛在死亡之前就已被粉碎。

你将与我一同如岩石般坠入墓穴。
因此,我们永不磨蚀的爱将
与我们在这片土地上长存。

第十六首

我喜欢像一块土地的你，
因为在它星球般的草原，
我再没有其他星星。你复制着
宇宙的繁衍。

你宽广的眼睛是我窃自
已毁星座的亮光；
你的皮肤跳动着，如同
流星在雨中穿行的道路。

你的身姿曼妙如月；
你的嘴深邃而美丽，犹如阳光；
你的心，燃着火辣辣的红光，

是强光的化身，仿佛阴影中的蜂蜜。
我于是行过你躯体之火，亲吻你——
小小的，行星般，鸽子般，地理般的你。

第十七首

我爱你，但不把你当成玫瑰，或黄宝石，
或火光四射的康乃馨之箭。
我爱你，就像爱某些黑暗的事物，
在阴影和灵魂之间暗中相隐。

我爱你，就像一株不开花却承载着
那些花朵内在的、隐藏的光芒的植物。
而因你的爱，我的身体中深深埋藏了
那从大地散发出来的浓烈芬芳。

我爱你，不知该如何爱，何时爱，打哪儿爱起。
我对你的爱直截了当，不复杂也不傲慢。
因为我不知道以其他方式来爱，

只能用这种方式：我不存在之处，你也不存在，
我们如此亲近，以至于你的手放在我胸口上就是我的，
以至于我入睡时你也合上双眼。

第十八首

你像微风穿越山脉之间,
或者是从雪山急流奔涌而下,
或者是你跳动的秀发密密丛丛,
仿佛太阳高耸的饰物。

整个高加索的光辉投射在你的身上,
像小小的花瓶,无止境地折射。
瓶水随河水透明地流动,
不停变换衣服和歌曲。

在山脉间延伸着古老的战士之路,
而在下面,狂暴的水如剑般闪耀,
在矿石之手的壁垒间倾泻,

直到你突然从森林那里接收到
一束蓝花的香气或闪电,
一支非凡的带有野性芳香的箭矢。

第十九首

当黑岛的熔岩泡沫,
蓝色的盐水和海浪沐浴着你时,
我注视着一只黄蜂的劳作,
它为了蜜蜂世界而拼命努力。

它来来回回,平行着直直地飞翔,
仿佛从无形的铁丝上滑下:
舞蹈的优雅,腰间的渴望,
邪恶之刺的杀戮,皆由其展现。

它有石油和橙子的色彩,
像飞机般探索在草丛中,
带着钉子的响声,飞舞而去,消失,

而你从海中走出,一丝不挂地
回到世界中,伴着盐和阳光,
反射的雕像,沙中之剑。

第二十首

我的丑人儿,你是一个蓬乱的栗子,
我的可人儿,你美丽如风,
我的丑人儿,你的嘴巴大得可以当两个,
我的可人儿,你的吻像西瓜般清新。

我的丑人儿,你的乳房躲在哪里?
它们干瘦如两杯麦粒。
我希望在你胸前看到两个月亮,
就像巨大的骄傲的塔楼。

我的丑人儿,大海也没有你那样的指甲。
我的可人儿,一朵朵花,一颗颗星辰,
一道一道浪,我的爱人,我抚过你的身体。

我的丑人儿,我因你的黄金腰而爱你,
我的可人儿,我因你额头上的皱纹而爱你,
我的爱人,我因你的明亮和黑暗而爱你。

第二十一首

哦,你的吻爱抚遍我的全身,
让我不再忍受没有春天的时光。
我只是把我的双手交给了痛苦。
现在,亲爱的,请让我沉浸在你的吻中。

用你的香气掩盖敞开的月份的光,
用你的秀发关闭门窗。
而对于我来说,请不要忘记,如果我醒来哭泣,
那是因为在梦中,我只是一个迷失的孩子

在黑夜的树叶间寻找着你的双手。
你传达给我的麦田的触感,
阴影和活力闪烁的狂喜。

噢,亲爱的,那儿除了阴影别无一物。
你陪我走过你的梦境,
且告诉我光何时归返。

第二十二首

有多少次,爱人啊,我爱你却不见你,不记得你,
没有辨识出你的目光,认不出你。一株
生错地方,曝晒于正午的矢车菊:
你只是我所爱的谷物的香气。

也许我看见了你,也许我想象着你经过,
在安格尔,六月的月光下举起酒杯,
或者你是那把吉他的腰身,
我在黑暗中弹奏着,它发出如汹涌的海洋般的声音。

我无意中爱着你,追寻着你的记忆。
在空荡的房子里,我打着手电筒进去偷你的照片,
但我已经知道你是怎样的。突然间,

当我们在一起时,我触摸到你,我的生命静止了。
你就在我眼前,征服着我,而且永远统治着我。
如同林中的篝火,火焰是你的王国。

第二十三首

以火为光，以怨恨的月亮为面包，
茉莉花复制了它星光般的秘密。
可怕的爱，温柔的纯洁双手
给予了我眼睛和感官的平和以及阳光。

哦，我的爱人，一瞬间，
你构筑了甜蜜的坚定，
击败了那些邪恶嫉妒的爪牙。
如今在世界面前，我们共生。

过去如此，现在如此，将来如此，直到何时？
野性而甜蜜的爱，亲爱的玛蒂尔德，
时间将指引我们在这最后一天的花朵上。

没有你，没有我，没有光：
我们将不再存在，
但我们的爱的光辉将在大地和阴影之外继续闪耀。

第二十四首

爱人啊,我的爱人,乌云爬到了天空的塔顶上,
像得意洋洋的洗衣妇。
一切都燃烧成蓝色,一切都成为星星,
海洋,船只,白天一起被驱逐。

来看水中星星般的樱桃树,
宇宙的圆锁;
来感受蓝火的触感,
来吧,在它的花瓣烧尽之前。

这里只有光明,无尽的花瓣,一串串,
空间被风打开,
直到交出泡沫的最后秘密。

在如此多的天蓝色中,
我们的眼睛迷失了,
只能稍稍预测空气的力量,海面下的密码底本。

第二十五首

亲爱的,在我爱上你之前,没有什么属于我。
我在街上徘徊,漠视着一切,
一切都无关紧要,一切毫无意义。
等待的氛围充斥着世界。

我熟悉满布灰尘的房间,
月亮驻足的隧道,
道别的严酷的飞机棚,
一切都成了谜。

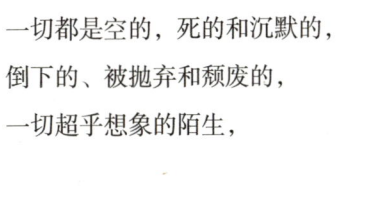

一切都是空的,死的和沉默的,
倒下的、被抛弃和颓废的,
一切超乎想象的陌生,

所有的一切都是别人的,也是无人的,
直到你的美丽和贫穷
成了秋天的馈赠。

第二十六首

伊基克的可怕沙丘之色,
危地马拉的杜瑟河的河口,
都没有改变你被田野改变的容颜,
你那如葡萄般娴娜的身姿,吉他一般的嘴唇。

哦,爱人啊,哦,自万物沉寂以来,
从藤蔓统治的山顶
到荒凉的白金草原,
纯洁的土地都在复刻你的美丽。

即使是矿山孤僻的手,
来自西藏的雪,波兰的石头,
都无法改变你的韵味。

它就像泥土或麦子,吉他或葡萄串,
坚定地捍卫着属于它们的领土,
执行月亮的命令。

第二十七首

裸露的你就像你的一只手那样,
简单、光滑、朴实、微小、圆润、透明。
你有着月亮的线条,苹果的小径,
裸露的你像裸露的麦子一样纤细。

裸露的你如古巴的夜晚一样蓝,
藤蔓和星星交织于你的发间。
裸体的你,身姿舒展,肤色金黄,
就像被夏日染黄的教堂。

裸露的你小如一片指甲,
弯曲、细腻、粉红,直到黎明的时候,
你隐身于地下,

仿佛沉入衣着与杂务的漫长隧道:
你的光芒熄灭,穿上衣服,掉下叶子,
再度成为一只赤裸的手。

第二十八首

爱,从种子到种子,在星际之间游转。
风把它蔓延到黑暗的国家,
到战争带着血腥的鞋子,
甚或带刺的昼夜之间。

无论是岛屿还是桥梁或大海,我们行走的足迹
都刻印了秋天小提琴瞬间的旋律。
喜悦在杯唇上重复着自己,
痛苦以哭泣为教训纠缠我们。

在所有共和国中,风展示出
他无罪之旗帜、冰冷之发丝,
花朵也回归劳动的本职。

然而秋天从未焚毁我们。
在静止的祖国里,
爱如露水般滋生权利。

第二十九首

你来自贫穷的南方小屋,
来自严寒和地震的严酷地区。
当他们的神灵倒下至死,
仍教我们向黏土学习生活。

你是一匹黑色黏土的小马,一个
黑暗泥土的吻,爱人,泥土的罂粟。
黄昏中飞翔的鸽子,在道路上飞过,
是我们贫穷童年的储蓄罐。

女孩,你保留着你那贫穷的心,
你那习惯于踏在石头上的脚,
你很少能吃到面包或甜点。

你来自贫穷南方,我灵魂的所在处。
在你的家乡,我们的母亲
一起洗衣服。因此我选择了你,伴侣。

第三十首

你拥有群岛落叶松似的浓密秀发,
由时间长河雕琢的肉体,
那些曾触及木海的血脉,
从天空降临记忆的绿血。

没有人会捡拾我迷失的心,
在如此众多根源之间,在日光的苦涩清新之中,
在阳光的辛辣和水的愤怒中,
生活着一个不与我同行的影子。

为此你像岛屿般自南方升起,
缀满羽毛、木料,且以之为头冠。
而我寻觅着流浪森林的香气,

找到我在丛林中所熟悉的深色蜜糖,
并在你的臀部触摸到那些暗淡的花瓣,
它们和我一同诞生,筑起了我的灵魂。

第三十一首

我用南方的桂树和洛塔的牛至树
为你加冕,小小的君王,我的另一半。
你不能错过大地用
香脂和树叶制成的王冠。

你,就像那个爱你的人一样,来自绿色的省份:
我们从那里带来了土,它在我们的血管中流动。
在城市里,我们像许多人一样迷失,
害怕市场关闭了。

亲爱的,你的阴影有着李子的香气,
你的眼睛藏着南方的根,
你的心是一个储蓄罐的鸽子,

你的身体光滑如水中的石头,
你的吻是一簇簇露珠,
而我则与大地一起生活在你的身旁。

第三十二首

清晨的房子里，真相被床单和羽毛搅乱。
一天的起源毫无方向，
像一只可怜的小船，
在秩序与梦境的地平线间漂泊。

事物想要留下痕迹，
漫无目的地附着冰冷的传承，
褶皱的纸张掩盖了没说的话，
瓶子里的葡萄酒想要留住昨天。

你作为秩序的主宰，如同蜜蜂一样颤动，
触摸那些被阴影遗忘的领域，
以你的纯白能量征服光明。

于是，世界重回清晰：
物事顺从生命之风，
秩序建立起它的面包和鸽子。

第三十三首

亲爱的,现在我们要回家了。
在那里葡萄藤沿着楼梯生长。
在你来之前,夏天就已经来到你的卧室,
赤裸裸的,脚踏忍冬花。

我们浪迹天涯的吻游历了世界:
亚美尼亚,滴滴掘出的浓蜜,
锡兰,绿色的鸽子,还有长江
以古老的耐心将白日与黑夜分开。

而现在,亲爱的,越过澎湃的海洋,
如同两只盲鸟回到墙边,
回到那遥远的春天的巢穴。

因为爱不眠不休地飞翔,
我们的生命,回到海的石头或墙壁,
我们的吻回归到我们的领地。

第三十四首

你是大海的女儿,牛至树的表亲,
你是游泳者,你的身体纯净如水,
你是厨师,你的血液是活力的来源,
你的一举一动充满花色,富含土香。

你的眼睛看向水,掀起波浪;
你的手指向土地,它们种下种子。
你明了水和大地的深沉本质,
两者在你身上合而为一,像黏土的配方。

水之精灵,绿松石切断了你的身体,
然后在厨房里复活,
如此来接受存在的一切,

最后,在我的怀抱中休息,
远离阴暗的阴影,让你得到安眠——
蔬菜、海藻、芳草是你梦想的泡沫。

第三十五首

你的手飞过我的眼睛,来到白昼。
光芒如盛开的玫瑰般涌入。
沙滩和天空像
绿松石雕成的全盛期的蜂巢。

你的手触摸着闪烁的音节,
酒杯,装有黄色油的瓶子,
花冠,泉水,最重要的是爱。
亲爱的,你纯净的手保护着勺子们。

夜幕降临,默默地滑过
人类梦里的天舱。
忍冬释出悲伤、野生的气味。

而后你飞翔的手又飞了回来,
合上我原本以为不知去向的羽翼,
在被黑暗吞噬的我的眼睛上方。

第三十六首

我心中的挚爱,你如芹菜和木槽之女王,
如纱线和洋葱编成的小豹子。
我喜欢看你的微型帝国闪耀火花。
你的武器是蜡烛、酒、油。

大蒜开启的土地在你双手中。
火炬点燃的蓝色物质,
将梦想化为沙拉的技艺。
蛇在花园水管中盘踞。

你手持挑逗香气的镰刀,
手握发号施令的肥皂泡。
你攀登我狂乱的梯子和楼梯。

你掌控着我字迹的特征,
在笔记本的沙粒中找寻那些
迷失在寻觅你芳唇的音节。

第三十七首

啊,爱情,啊,疯狂的阳光和紫色的威胁。
你造访我,沿着你清凉的阶梯,
攀登至时间冠以雾霭的城堡,
那封闭心灵的苍白墙壁。

无人知晓,仅仅是温柔的力量
建造着坚硬如城市的水晶;
血液开辟了不幸的隧道,
却未能摧毁寒冬的王权。

因此,爱情啊,你的口舌、肌肤、光芒、哀伤
是生命的遗产,
是雨水和大自然之神圣赋予之礼物。

那紧握并举起丰实种子的大自然,
是酒窖中的秘密风暴,
也是地上庄稼的燃烧火焰。

第三十八首

正午时分你的房子仿佛一列火车。
蜜蜂嗡嗡作响，锅子发出欢歌，
瀑布为细雨谱写目录，
你的笑声织成了棕榈树的颤音。

墙上的蓝光与岩石对话，
它吹着口哨而来，像传递电报的牧羊人。
在两棵无花果树之间，伴随着青翠的声音，
荷马穿着轻巧无声的鞋登上山丘。

唯有在这里，城市可以毫无噪音、毫无忧虑，
没有永恒、没有交响曲、没有亲吻、没有汽车喇叭，
只有瀑布与狮子的对话。

还有你——上下楼梯、歌唱、奔跑、弯腰、
种植、缝纫、烹饪、敲打、书写、返回家，
或者你已经离去——正如冬天已经降临。

第三十九首

然而,我忘记了你的双手满足着
扎根的根系,在缠绕的玫瑰中浇灌,
直到你的指纹开花绽放
在大自然的平静之中。

锄头和水如同你的宠物一样
伴随着你,啃咬和舔舐大地,
通过努力,你释放
生机和如鲜艳康乃馨般的激情。

我祈求,你的手获得蜜蜂的爱与荣誉,
在土里糅杂它们透明的家族,
甚至在我的心中开辟了农耕。

以至于我像一块被烧焦的石头,
突然之间,与你一起歌唱。因为他啜饮的是
经由你的声音送来的森林之水。

第四十首

寂静笼罩,翠绿一片,光线湿润,
六月如蝴蝶般颤动。
玛蒂尔德啊,你在南方的领地,
从海洋和岩石中步入,穿越正午。

你满载着含铁的花朵,
曾被南风折磨与遗弃的海藻,
而你那依旧洁白,因盐分腐蚀而
龟裂的双手,自沙中举起谷穗。

我钟爱你那纯净的礼物,如光洁的石块的皮肤,
你指尖闪耀阳光的献礼:那是指甲,
还有你那充满喜悦的嘴巴。

但为了我深渊旁的屋子,
请赐予我那令人苦恼的寂静的框架,
那海洋楼阁在沙之中被遗忘的存在。

第四十一首

一月的不幸,在漠然的
正午,在天空中画下它的等式。
一块坚硬的黄金,像快满溢的杯中之酒,
填满大地直至它的蓝色边界。

这个时期的不幸,像苦涩的小葡萄,
聚集着苦涩的,迷茫的,
隐藏在日子里的泪水,
直到结出甜美的果实。

是的,种子、痛苦,一切跳动的东西
惊恐地在一月噼啪作响的阳光下成熟,
将会成长,燃烧,一如水果因炙晒而熟透。

痛苦将被分割,灵魂
将带来一阵风,住所
将变得干净,桌上有新鲜的面包。

第四十二首

明亮的日子在海水的平衡下，
凝聚如一块黄色石头的内部。
它的光辉像蜂蜜，未被混乱摧毁，
保持它矩形的纯粹。

是的，时间像火焰或蜜蜂一样燃烧，
淹没在叶子间从事绿色的工作，
直到树叶向高处延伸，
直到一个闪闪发光的世界，低语着。

对炎热的渴望，在夏日的人们
用几片叶子建造了一个伊甸园，
因为这片黑暗的土地不需要痛苦，

只想要清新或火焰，水或面包供给所有人。
没有什么能够分割人类，
除了太阳或黑夜，月亮或树枝。

第四十三首

我在万象之中追寻着你的身影,
在奔涌而起伏的女性之河中,
在飘动的发辫,害羞低垂的眼睛,
轻盈的脚步滑过泡沫的波纹。

我突然觉得能够辨别出你的指甲——
长椭圆形,灵巧,像樱桃的侄女们;
还有你经过时留在水中
燃烧的篝火的样子。

我不停搜索,却无人能有你的韵律,
你的光芒,你从森林带回的黑黏土;
无人拥有你娇小的耳朵。

你完美而简洁,你的一切自成一体。
我与你一同漂流前行,倾心于一条
通向女性海洋的宽广密西西比河。

第四十四首

你会知道我既不爱你,也爱你,
因为生命有两面。
言语是寂静的翅膀,
火有一半是冰冷的。

我爱你是为了开始爱你,
为了重新开始无尽的爱,
为了永远不停止爱你,
所以我还没有爱上你。

我爱你,但又不爱你,就像
我手中握着幸福的钥匙以及
开启悲惨混乱命运的钥匙。

为了爱你,我的爱有两个生命。
所以当我不爱你时,我爱你,
所以当我爱你时,我爱你。

第四十五首

请不要离开我,哪怕是一天,
因为一天对我来说是如此漫长。
我会一直等待你,守着空荡的车站,
当火车在远方停靠进入沉睡。

请不要离开我,连一小时也不行,
因为那微小的痛苦将涌上心头,
四处飘荡的流浪之雾将渗入
我的身体,勒紧困惑的心。

啊,愿你的身影永远留在沙滩上,
啊,愿你的眼睑永不拍动飞向虚空。
请不要离开我,我最亲爱的人。

因为在那一刻,你已经离我远去。
我将茫然漂泊,询问:
你会回来吗?你打算让我陷入枯萎吗?

第四十六首

在我所仰慕的,被不同的河流和露水
打湿的星星中,
我只选择了我所爱的那颗,
并与夜晚一同入眠。

在浪潮中——一浪又一浪,
绿色的海洋,冰冷的绿色,绿色的树枝——
我只选择了那一股浪潮:
你身体中不可分割的浪潮。

所有的水滴,所有的根须,
光线的所有细丝,都来找我,
迟早会来找我。

我渴望你的秀发。
在我祖国所有的恩赐中,
我只选择了你那颗狂野的心。

第四十七首

我想回头看着你,在树枝间。
你逐渐变成果实,
轻而易举地从根部升腾,
吟唱着树液的旋律。

在这里,你先成为花朵,
变形为吻的雕塑,
直到太阳与地球、血液与天空,
赋予你喜悦与甜蜜。

我会在树枝间辨认出你的头发,
你在树叶间成熟的身影,
那身影使叶子更挨近我的渴,

而我的嘴将充满着你的香气,
那是从大地升起,带有你的
血液,恋人果实之血的热吻。

第四十八首

两个快乐的恋人交织成了一片面包,
草丛中的一滴月光,
行走时,留下两道共同流动的阴影,
醒来时,让一个太阳空悬在床上。

在所有真理中,他们选择了时光:
他们握紧它,不用绳索,而用芬芳。
他们未曾撕裂和平,未曾粉碎言论。
他们的幸福如同一座透明的塔楼。

空气和酒与恋人们相伴,
夜晚欢愉的花瓣愉悦他们,
他们拥有全部康乃馨的权利。

两个快乐的恋人,无终,无死,
他们诞生,他们死亡,在有生之年多次重演,
如同大自然般永恒生生不息。

第四十九首

今天来了,昨天全都消失在
光线的指间和梦想的眼中。
明天将带着青翠的步伐到来,
黎明之河无人能阻挡。

无人能阻挡你双手的河流,
你梦想之眼。亲爱的,
你是时间在上演的颤抖,
在垂直的光线和阴暗的阳光之间。

天空展翅闭合在你上方,
将你带来我的怀抱,
以准时、神秘的礼仪。

因此,我歌颂白天和月亮,
海洋、时间、所有行星,
歌颂你白昼的声音和深夜的肌肤。

第五十首

科塔波斯说你的笑声从石塔上坠落,
如猎鹰展翅翱翔。
确实如此,你撕开世界的枝叶,
如闪电般,啊,天空之女儿,

它坠落,发出雷鸣之声。露珠的尖、
钻石的流水、光芒与蜜蜂一同跳跃。
而在寂静曾经驻扎的地方,
太阳和星星的榴弹爆炸,

天崩地塌,伴随着浓密的黑夜,
钟声与康乃馨在皎洁的月光下闪耀,
车夫的马群狂奔而去。

因为你如此纤小,就让它倒塌吧,
让笑声的流星飞舞,
为大自然万物的名字注入电流。

第五十一首

你的笑声属于一棵敞开的树,
被一道从天而降银色的闪电所劈开,
折断在树冠上,
一剑将树劈成两半。

只有在白雪皑皑的高地里,
才会有像你这样的笑声诞生。
亲爱的,那是天空中释放的笑声,
宛如南美杉的习惯,亲爱的。

我的高山妇,无可置疑地来自奇廉,
用你笑声的刀切割黑暗,
夜晚,清晨,正午之蜜糖。

当你的笑声像一道散发的光,
击碎生命之树时,
让树上的鸟儿跃入天空。

第五十二首

你在阳光和天空中歌唱,
你的歌声剥开白日的谷物,
松树用它的绿色舌头说话,
冬天的鸟儿们在悦耳地鸣唱。

大海充满了脚步声、
钟声、锁链声和呻吟声。
金属和工具的叮当声不绝于耳,
商队的车轮嘎嘎作响。

但我只听到了你的声音,
它飞扬如箭,
它低沉如雨。

你的声音传播着高高的剑影,
它带回紫罗兰香气,
然后与我一同在天空中漫步。

第五十三首

在这里有面包、酒,桌子和住所:
男人、女人和生活的必需品。
和平迅速奔向这个地方,
公共的火焰点燃这个明亮之处。

赞扬你——飞快地料理着
歌声与厨房的洁白成果;
致敬你辛勤奔波的双脚。
万岁!与扫帚共舞的芭蕾女郎。

那些蓄满水和威胁的湍急河流,
那受折磨的泡沫亭子,
那些燃烧的蜂巢和暗礁。

今天的宁静成了你的血在我血中休憩。
这星光闪耀、如夜晚般蓝色的河道,
这无尽的纯真温柔。

第五十四首

辉煌的理性，拥有绝对的累累果实
和正直的正午的明亮恶魔啊，
我们终于抵达此处，孤独但并不寂寞，
远离蛮荒之城的嘈杂咆哮。

如同纯净的线条描摹出鸽子的形态，
如同火焰以其养分授勋给宁静。
你我共同创造了这天堂般的结局。
理性和爱情裸露共处于这个屋子。

疯狂的梦境，必然的苦涩之河流，
比铁锤的梦想更持久的决心
流入爱人们的双人杯中，

直到那成双的事物被平衡地放置在
天平上：理性与爱情如同一对翅膀。
透明的本质便如此完美打造。

第五十五首

荆棘、碎玻璃、疾病、哭泣,
日夜围困着幸福的蜜糖。
塔楼、旅途、城墙都无法阻挡。
不幸刺穿了沉睡者的宁静。

痛苦升起和下降,靠近他们的汤匙,
没有一个人能摆脱这种律动。
没有诞生,没有屋顶或围墙,
它要求我们正视此一特性。

在爱情中,闭上双眼,
远离受重伤者的深深床榻,
或一步步举旗逼近的征服者,都没有用。

因为生命的脉动像胆汁或河流,
打开了一条血腥的隧道,通过这条隧道,
巨大苦痛家族的眼睛监视着我们。

第五十六首

习惯看到我身后的影子,
习惯看到双手摆脱怨恨,透明明亮,
仿佛是由海的清晨创造出来的。
盐赐予你,我的爱人,它结晶的比例。

嫉妒随着我的歌受苦,死亡,枯竭。
一个个悲伤的船长奄奄一息。
我说爱,世界上布满了鸽子。
我的每个音节带来了春天。

而你,盛开的心,我所爱的人,
在我眼前如同天空的绿叶,
而我看着你躺在大地上。

我看到阳光穿梭到你的脸上,
望向高处,我辨认出你的步伐。
玛蒂尔德,我的爱人,王冠,欢迎!

第五十七首

那些说我失去了月亮的人是在撒谎，
那些预言我沙漠般的未来的人们，
用冰冷的语言断言了许多事情：
他们想要禁止宇宙中的花朵。

"他不再歌唱美人鱼汹涌的
琥珀，除了人民他一无所有。"
他们咀嚼着不停的文件，
阴谋湮没我的吉他。

我朝他们的眼中投射耀眼的长矛，
那串联你我之心的我们爱情的长矛。
我追求留下你足迹的茉莉花。

没有你眼睑下的光芒，我在夜里迷了路。
而在透明的襁褓里，
我重生了，成为自己黑暗的主人。

第五十八首

在文学铁铸的巨剑中,
我如异国水手四处漂泊,
不熟悉街角,只是歌唱,
因为我歌唱,若不为此又为何?

从饱受折磨的群岛我带来
风之手风琴,疯狂的浪涛。
自然万物的惯常舒缓:
它们造就了我狂野的心灵。

因此当文学的利齿
突然咬住我诚实的脚跟,
我毫不犹豫地继续前行,随风歌唱,

走向儿时的多雨船厂,
走向南方那模糊的凉爽森林,
走向我心灵中弥漫着你芬芳的所在。

第五十九首

可怜的诗人们,
生死无情地追逐,
最后被冷漠的盛大仪式覆盖,
沉于葬礼和蛀齿之中。

如今,他们黯淡如石子,
被傲慢的马匹驾驭,
终而被入侵者所控制,置身
其爪牙间,无法安然入睡。

在确信死者已经离去之前,
他们将葬礼变成了可悲的盛宴,
有火鸡、猪肉和其他演说者。

他们窥视着死亡,然后亵渎了它:
只因他的嘴已经紧闭,
不再能回应他的歌声。

第六十首

那些企图伤害我的人却伤到了你,
而那本该毒害我身的秘密毒药
穿过我的工作像穿过一张网,
在你身上留下了锈痕和失眠。

爱人啊,我不想让伤害我心的仇恨
遮盖你额头上盛开的月色。
我不愿让远离和被遗忘的悲伤
把无用的刀之冠扔向你的梦境。

邪恶的脚步声追随在我身后,
我笑,可怖的面具模仿着我的脸,
我歌唱,嫉妒咬紧牙关咒骂我。

那是,爱人啊,生命赋予我的阴影:
一身空虚的衣袍,跛足追逐,
宛如稻草人带着血腥微笑。

第六十一首

爱带来了一串痛苦的尾巴,
它长长的静态荆棘之光。
我们闭上眼,因为没有任何事物,
没有任何伤口能将我们分离。

这哭泣不是你眼中的罪过。
你的手并没有刺出这把剑,
你的脚并没有寻找这条路。
阴暗的蜜降临你的心中。

当爱如汹涌的巨浪
将我们摔向坚硬的石头,
我们被磨成了粉末。

痛苦落在另一张甜蜜的脸上,
于是,在明亮的季节之光中,
受伤的春天被神圣化。

第六十二首

我有祸了,我们有祸了,亲爱的:
我们只想爱,彼此相爱。
在这么多痛苦中,只有我们两个注定
受到严重伤害。

我们想要属于自己的你和我,
亲吻的你,秘密面包的我,
一切就是这样,永远简单,
直到仇恨从窗户进入。

他们憎恨那些不爱我们的爱,
或任何其他爱的人,
就像失落房间里的椅子一样不幸——

直到他们被灰烬缠住,
而他们那张威胁性的面孔
在暗淡的暮色中消失了。

第六十三首

不仅仅是穿过荒凉的土地上——那里的石头
如唯一的玫瑰,花朵被海埋葬。
我还沿着凿雪而流的河岸行走,
险峻的山脉高地感知我的脚步。

纠缠复杂、尖啸的我野蛮的祖国,
致命之吻紧锁着丛林的热带藤蔓,
湿润的鸟儿哀鸣着,发出寒战。
哦,失去的痛苦和无情的哭泣之地!

我拥有铜的有毒之肤,
也拥有如雪般静卧的盐碱地——
还有葡萄园,春天所奖赏的樱桃。

它们属于我,而我也属于它们,像黑色的微粒
属于干燥的土地和秋天的葡萄之光,
属于被雪塔高高举起的金属家园。

第六十四首

我的生命被如此丰盈的爱染成紫色。
我像一只蒙眼的鸟儿慌乱地转身,
直到抵达你的窗前,我的朋友:
你听到破碎的心悄悄低语。

我飞向你胸前,脱离阴影,
无意识地飞上麦田之塔,
涌向你手中的生命,
自海洋向你的欢乐攀升。

任何人都算不清我欠你的债,爱人,
我对你的债是清澈透明的,
如阿劳科的根,啊,我对你的债,爱人。

我对你的一切债务,无疑地,像星星闪耀,
我对你的债如旷野中的一口井,
时光守望着漂泊的闪电。

第六十五首

玛蒂尔德,你在哪里?我看见你,
就在我的领带下方,心脏上方,
肋骨之间传来一阵悲伤,
你消失得如此迅速。

我需要你那份活力的光辉。
我环顾四周,吞噬希望。
我凝视那空虚,像少了你的一间屋子,
除了悲伤的窗子,一无所有。

天花板默默地聆听
古老、无叶的雨的降落,
聆听羽毛,聆听夜晚所禁锢的一切。

我就这样等待着你,像一间寂寞的屋子,
直到你愿意再次来见我,活在我的心中。
等待中,我的窗子一直在痛苦。

第六十六首

我是不会爱你的——要不是因为我爱你。
从爱你到不爱你,我走了一遭,
从期待你到不期待你,
我的心从冷到热。

我爱你,只是因为我爱你,
我无尽地恨你,恨你时还向你祈求。
而我爱情的衡量标准:
就是看不见你,却盲目爱你。

也许一月的光芒会消耗殆尽,
它残酷的光线,照亮了我整个心灵,
偷走了我平静的钥匙。

在这个故事中,只有我在死去,
我会因为爱你而死去,
因为我爱你,爱到流血和燃烧。

第六十七首

来自南方的大雨洒落在黑岛上,
它们像独一无二的清澈沉重的水滴,
大海敞开它清凉的怀抱接纳它们,
大地了解酒杯如何履行它湿润的使命。

我的灵魂啊,请在你的吻中赐予我
这些个月含盐的水,赐予我乡野的蜜糖,
被天空的千唇吻湿的芬芳气息,
冬季海洋神圣的耐心。

某种东西在召唤我们,所有的门户自动打开,
雨水向窗外传递着传言,
天空向下延伸,直到触及根部,

于是岁月编织了又拆解天堂的网,
用时间、盐分、耳语成长,开辟道路。
一个女人,一个男人,还有冬天在地球上共存。

第六十八首
（船头雕像）

木制的女孩并非步行而来：
她突然坐在砖块上，
旧海之花覆盖着她的头顶，
她的目光中充满了根源的悲伤。

她注视着我们展开的生活，
旅行、存在、行走、回归大地，
白昼渐渐失去色彩的花瓣。
木制的女孩静静守望着我们，她看不见。

古老波涛的王冠戴在她头上，
她用一双沉寂失望的眼睛注视。
她明白我们生活在遥远的网中，

由时间、水、波涛、声音和雨组成，
不知道我们是否存在，或者我们只是
她的梦境。这是一个关于木制女孩的故事。

第六十九首

少了你或许只剩空虚,
少了你移动如一朵蓝色的花,
切割正午,少了你在午后
穿过雾色和那些砖。

没有你手中的那束光,
可能其他人不会看到它的绚烂。
可能没有人知道它的成长,
就像玫瑰的红色起源。

总之,少了你在身边,少了你
突然,令人振奋地,前来探知我的生活,
玫瑰的疾风,风中的麦谷:

从那时起,我因你而存在,
我们又共同存在,因为爱,
我将如此,你将如此,我们将如此。

第七十首

也许我受伤了,没有流血——
沿着你生命中的一道光芒前行。
在丛林之中,水挡住我的去路,
那雨水从天空中降落下来。

然后,我触及到了那被雨淋过的心。
我知道你的目光已经穿透了
无尽的悲伤,
只有影子的低语出现。

他是谁?他是谁?
或许,那只是一片片叶子或是暗处的水在流动,没有名字,
它们在丛林中沉默无声。

于是,亲爱的,我知道我已经受伤,
那里只有影子在说话,
漫游的夜晚,雨的吻。

一百首爱的十四行诗

第七十一首

从悲伤到悲伤,爱穿越它的岛屿,
扎根,然后用泪水浇灌。
没有人能够逃避它沉默
又食肉的心奔跑时的脚步。

于是你和我寻找一座洞窟,另一个星球,
在那里,你的秀发不再沾盐分,
在那里,不会因为我的过错而生出痛苦,
在那里,面包可以不伴随苦闷存在。

一个被距离和丛林缠绕的星球,
一片苍茫、一块冷酷而无人居住的荒野,
用我们自己的双手打造一个坚固的巢穴

我们期望的是,没有伤害、没有伤痕、没有言语,
但是,爱不是这样的,而是一个疯狂的都市,
人们在阳台上苍白无力。

第七十二首

亲爱的，冬天已经来临，
大地施予黄色的馈赠。
我们轻抚遥远的国度，
抚摸地理的发丝。

离开吧！此刻！出发吧：车轮、船只、钟声，
钢铁飞机被无尽的白昼强化——
驶向群岛沐浴婚礼的芬芳，
欢乐的长形谷粒！

行动起来，站起来，把头发夹起来，起飞，
升降，与空气和我一同奔跑和歌唱。
让我们搭乘阿拉伯或托科皮亚的列车，

无非像迁徙的花粉一样，
到贫穷国王统治下、穿着破布和花朵的，
引人注目的村庄。

第七十三首

也许你会记得那个瘦削的男人,
他像一把刀子从黑暗中走出。
在我们意识到之前,他已经知道:
他看到了烟雾,断定是火。

那位苍白的黑发女人
如深渊之鱼浮现。
二人合力架起对抗爱的机器,
装备了众多锋利的牙齿。

男人和女人砍倒了山脉和花园,
下到河边,攀上城墙,
把他们那可怕的火炮架在山上。

爱在那会才被意识到是爱。
当我举目望向你的名字,
你的心突然为我指引了道路。

第七十四首

八月的水润湿了道路,
闪烁得仿佛是在满月,
在苹果的清新中,
在秋天的果实之间。

雾,空间或天空,模糊的白昼,
扩张寒冷的梦、声音和鱼儿,
岛屿的蒸汽与这里战斗,
智利的海洋在光芒之上跳动。

一切都像金属一样收敛,叶子们
躲藏起来,冬天掩盖了它的生机,
我们是仅有的盲者,永无止境,孤零零的。

只臣服于变动、告别、
旅行、道路静悄悄的沟渠。
再见,大自然的眼泪落下。

第七十五首

在这里有房子,海洋和旗帜。
我们漫步穿过其他的长篱笆。
我们找不到大门,找不到
我们离开时的声音——仿佛已死去。

最后,房子打破了沉默,
我们进入,踏过废弃物、
死老鼠,空洞的告别之路,
在水管中哭泣着的水。

房子在哭泣———夜又一夜地哭泣。
它半开半闭,与蜘蛛一起呜咽,
它崩溃了,从它漆黑的眼睛中。

而今,突然间,我们让它复苏。
我们在其中安家,它却不认识我们。
它本该开花,却忘记了如何开花。

第七十六首

迭戈·里维拉像熊一样耐心地
在颜料中,猎寻森林的玛瑙
或朱砂,血液猝然绽放的花朵,
在你的画像中捕捉到世界的光芒。

他绘制了你端庄的鼻子,
你狂放的瞳孔闪烁着光芒,
你的指甲招的月亮的嫉妒,
在你夏日的皮肤上,你的西瓜般的嘴唇。

他给你两个火山般的头颅,
燃烧着火焰,因爱而燃,因阿劳科血统而燃,
在两个黄金的面孔上,用陶土覆盖了你。

他为你覆上狂野之火打造的头盔,
我的目光在那儿偷偷徘徊,
纠缠于其丰实之塔:你的秀发。

第七十七首

今天是背负着所有过去的重量的现在,
它承载着将来的一切的翅膀。
今天就是南方的海,古老的水,
全新的一天正在建构中。

耗尽的花瓣从昨天聚集在
你的嘴唇上,向着光明,向着月亮高举,
而昨天我们匆忙地走过阴暗的路,
因此回忆起你那已逝去的面容。

今天,昨天,明天走过,
像燃烧的小牛被耗尽。
我们的牛群等待,时间不多了,

然而时间在你的心中撒下面粉。
我的爱用特木科的泥土造了一个火炉:
你是我灵魂每天的面包。

第七十八首

·

我没有放弃,也没有永远。在沙中
胜利留下了它消失的足迹。
我是穷人,愿意爱我的同类。
我不知道你是谁,我爱你。我不赠予也不卖荆棘。

也许有人知道我没有编织血淋淋的
王冠,知道我抵抗嘲笑和戏弄,
并且确实让我灵魂的高潮充盈。
我用平和回应丑恶。

我不是永恒的,因为我与众不同——
过去是,现在是,将来还是。我以
不断变化的爱的名义,宣告纯洁。

死亡只是被遗忘的石头。
我爱你,在你的嘴唇上亲吻幸福。
让我们收拾柴火,在山上生火。

第七十九首

在夜里,爱人啊,请将你的心与我的心相连,
这样两颗心将在梦中共同击退黑暗,
如同鼓声在森林中回荡,
对抗由湿润的树叶堆成的厚墙。

夜行之旅:梦中黑色火焰
剪断地球上葡萄的细线,
恰如一列无休止地拖曳着
阴影和寒岩的狂乱火车。

因此,爱人,请将我拴在更纯粹的
动作上,以水中飞鸟
之翼拍动的坚定信仰紧紧相连。

让我们的梦用唯一的钥匙,
通过一扇被阴影关闭的门,
回答星空闪烁的问题。

第八十首

亲爱的,我从旅途和忧伤归来,
回到你的声音,回到你飞快弹奏吉他的手,
回到你用吻扰乱秋天的火焰,
回到夜空中盘旋的星辰。

我为世界的人祈求面包和自由,
为前途未卜的工人祈求土地,
但愿无人阻止我热血澎湃、歌唱。
然而除非死亡降临,否则我无法离开你的爱。

让我们弹一曲华尔兹,赞美这宁静的月色,
一首船歌,在吉他的音流中,
直到我低头沉入梦乡。

因我已用一生的不眠之夜
为你建筑了这片树丛里的庇护所——你的手在其中居住、扬起
守护着来往旅人的安眠。

第八十一首

现在,你属于我,在我梦中依偎休憩。
爱情、痛苦和工作都该安心入眠。
夜晚转动着它隐形的轮轴,
你在我身旁宛如沉睡的琥珀一样纯洁。

亲爱的,没有人能在我梦中安然入眠。
当你离去,我们会一同离去,跨越时间的海洋。
没有人像你一样陪我穿越阴影,
你是永恒的太阳,永恒的月亮,长青之树。

你的手指已展开
优雅地飘浮,
你的双眼紧闭,像两个灰色的羽翼。

我跟随在你之后,让你涌动的波澜将我带走。
夜晚、世界、风,编织它们的命运。
没有你,我只是你的梦,仅此而已。

第八十二首

爱人啊,当我们闭上这扇夜晚之门,
请跟随我,爱人,穿越阴影之地。
闭上你的梦,与你的天空一同进入我的眼中,
在我的血液中扩散成一条宽广的河流。

再会,再会,落入过去每一天,
残忍的亮光装进麻袋中。
再会,送别手表或橘子的每一道光芒。
你好,啊阴影,我断断续续的朋友!

在这船舶、水流、死亡或新生命中,
我们再次合二为一,沉睡、复苏,
我们是血液中夜晚的婚礼。

我不知道谁在生,谁在死,谁在休息,谁在清醒,
但我知道是你的心,将黎明的
恩赐洒落在我的胸膛中。

第八十三首

亲爱的,感受到你夜晚在我身旁,
你隐入睡梦里,认真地属于夜,
而我解开心中的牵挂,
如解开错综复杂的渔网。

虽然你的心在梦中飘荡,
但你的躯体却肆意呼吸,
找我却不必睁眼,圆满了我的梦,
如树影中的繁衍之植。

明天你起床时,你将变成另一个人,
然而在夜晚的迷失边界中,
从我们既在又不在的此际。

某样东西在生活之光中接近着,
仿佛黑暗的印章,以火
在其秘密创造物上烙下印记。

一百首爱的十四行诗

第八十四首

再一次,爱人,白昼的来临使
工作、车轮、火焰、呻吟、告别消逝,
而我们将颤抖的中午从光与土地
获得的麦穗,交托给夜晚。

唯有月亮在它纯净的表面上
托起天国港口的柱子,
房间拥抱黄金的缓慢,
而你的双手将夜晚准备好。

哦,爱人,哦,夜晚,哦,无尽的穹顶
被一条难以穿越的流水环绕,
在天空的阴影中,它显现和沉没在汹涌的露珠中,

直到我们只剩下一片黑暗的空间。
一只杯子盛着天上落下的灰烬,
一滴在缓慢而漫长的河流脉搏中的水。

第八十五首

从海洋流向街道,迷雾迅速散开,
如同置身寒气中的牛群所吐出的热气。
延伸的水舌堆积在一起,覆盖了
许诺我们美好生活的月份。

大步行进的秋天,啾啾作响的叶之蜂巢,
当你的旗帜在城镇上飞扬时,
疯狂的女人唱着送别河流,
马儿向巴塔哥尼亚嘶鸣。

你的脸上有一株傍晚的蔓藤,
无声地生长,被爱所携带,
直到它扩展到天空中的火蹄。

我倾身于你夜晚的身躯之火,
我不仅仅爱你的乳房,还爱着
深蓝血液洒遍雾色的秋日。

第八十六首

啊,南十字星,啊,芳香的车轴草,
你的美丽今天喷薄出四倍的吻。
穿过阴影也穿过我的帽子,
月亮在寒冷中缓缓转动。

随着我的爱和我所爱的人,啊,霜蓝的
钻石,夜空如此宁静。
镜子,你出现了,夜晚因你而充实,
酒香的酒窖颤动不已。

啊,明亮而纯净的银色游动的鱼,
绿色交叉,明亮的荷兰芹,
定格在纯净的天空中的萤火虫,

请在我这里停下来休息,让我们一起闭上双眼,
与人间的夜晚共眠,只需一分钟。
在我身上点亮你星辉灿烂的四个数字。

第八十七首

大海的三只鸟,三道光束,三把剪刀,
穿过寒冷的天空向安托法加斯塔飞去。
因此空气颤抖不已,
一切都像受伤的旗帜一样震颤。

孤独啊,给我你无尽的起源的标志,
残酷鸟类飞过的几乎不可见的路,
比蜂蜜,音乐,海洋,诞生,
无疑地,更早到临的悸动。

(坚贞不移的脸所支撑的孤寂
像一朵沉重的花不断伸展,
直到包住天空纯净的群体。)

大海的寒冷翅膀飞舞,飞向阿尔卑斯群岛,
抵达智利西北部的沙滩。
夜晚闩上其天国之门。

第八十八首

三月隐光归来,
巨大的鱼儿在天空中滑过,
地面上的雾气悄然前进,
万事万物归于寂静。

幸运的是,在这个流浪气氛的危机中,
你将海洋的生命与火焰的生命聚集在一起:
冬天船只的灰色运动,
爱情在吉他上留下的形状。

哦,爱情,被美人鱼和泡沫打湿的玫瑰,
火焰跳舞,攀上看不见的楼梯,
并在失眠的隧道中唤醒了血液。

让海浪在天空中燃烧,
海洋忘记了它的财富和狮子,
而世界则坠入了黑暗的网中。

第八十九首

当我死去时,请你把双手放在我的眼前。
我希望你的手之光和麦田的清香
再次洒满我身体,
让我感受到那改变命运的柔情。

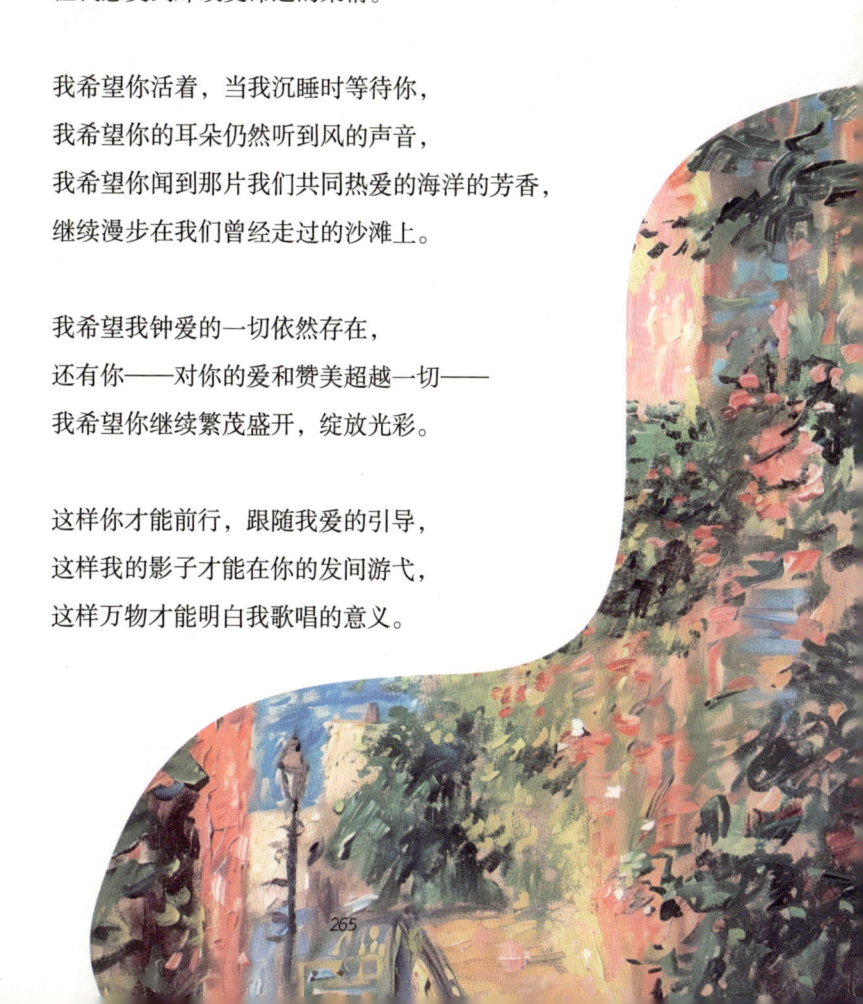

我希望你活着,当我沉睡时等待你,
我希望你的耳朵仍然听到风的声音,
我希望你闻到那片我们共同热爱的海洋的芳香,
继续漫步在我们曾经走过的沙滩上。

我希望我钟爱的一切依然存在,
还有你——对你的爱和赞美超越一切——
我希望你继续繁茂盛开,绽放光彩。

这样你才能前行,跟随我爱的引导,
这样我的影子才能在你的发间游弋,
这样万物才能明白我歌唱的意义。

第九十首

当我想象自己已经离世,寒冷不期而至,
剩余的生命都寄托在你的存在中。
你的嘴唇是我世界的白昼与黑夜,
你的肌肤是我用吻所建构的国度。

一切瞬间消逝——书籍、
友情、辛苦积累的财富,
你我共同建构的透明屋子。
啊,它们都消逝了,只剩下你的眼睛。

因为在我们充满困厄的一生中,爱只是
超越其他浪花的一朵浪花而已。
但当死亡敲响我们的门时,

唯有你的目光填满了空缺,
唯有你的清澈抵御了虚无,
唯有你的爱,将阴影驱散。

第九十一首

岁月像细雨一样覆盖着我们,
时间永无止境,愁容满面。
一根盐的羽毛碰触你的面庞,
一道涓涓细流腐蚀了我的衣袍。

时间无法区分我的双手,
或者你手中捧着一堆橘子。
用雪和锄头啄食
你的——亦即我的——生命。

我给予你的生命充满了
岁月的沉淀,如同一串水果。
葡萄将重归大地。

而在那下面,时间依然存在,
等待着,雨淋在尘土上,
渴望抹去甚至是不存在的痕迹。

第九十二首

亲爱的,倘若我死而你尚在人世,
亲爱的,倘若你死而我尚在人世,
我们不要让忧伤占据更大的领域,
我们共同居住的地方是最广袤的空间。

麦子的尘埃,沙漠的沙砾,
时间,流浪的水,朦胧的风,
仿佛漂浮的种子吹拂我们。
否则我们也许无法在时间中相寻。

这片让我们找到自我存在的草原,
啊,微小而无限,我们将归还给它。
但是爱人啊,这份爱尚未结束,

它从未诞生,也不会
消失,像一条长长的河流,
只是改变着土地,改变着唇形。

第九十三首

如果你的胸膛暂停了跳动,
如果活力不再在你的血液中流动,
如果你的声音消失而无法成为语言,
如果你的手不再飞翔而沉入沉睡,

亲爱的玛蒂尔德,就让你的嘴唇微张着,
因为最后那一个吻应该停留在我身边,
应永远只存在于你的嘴中,
这样它才能随我进入死亡之境。

我将在吻住你冰冷的唇时,
抚摸你身体留下的残存果实,
寻找你紧闭双眼中的光,并与之共赴死亡。

这样,当大地接纳我们的拥抱时,
我们将融为一个逝者,
永远活在吻的永恒之中。

第九十四首

如果我去世,请你以纯粹的力量继续生存,
让苍白和寒冷的怒火燃烧。
请闪烁着你那无法磨灭的眼睛,从南方到南方,
从太阳到太阳,直到你的嘴唱出如吉他的旋律。

我不希望你的笑声或步伐颤动不定,
我不希望我的快乐遗产消失。
别对着我的胸口呼唤,我不在那里。
请你像搬入一座房子一样,接受我的离开。

离开是如此巨大的房子,
你将穿越墙壁
将画挂在纯净的大气中。

离开是如此透明的房子,
即使我死了,我也会在那里注视着你,
如果你受苦,亲爱的,我将再次死去。

一百首爱的十四行诗

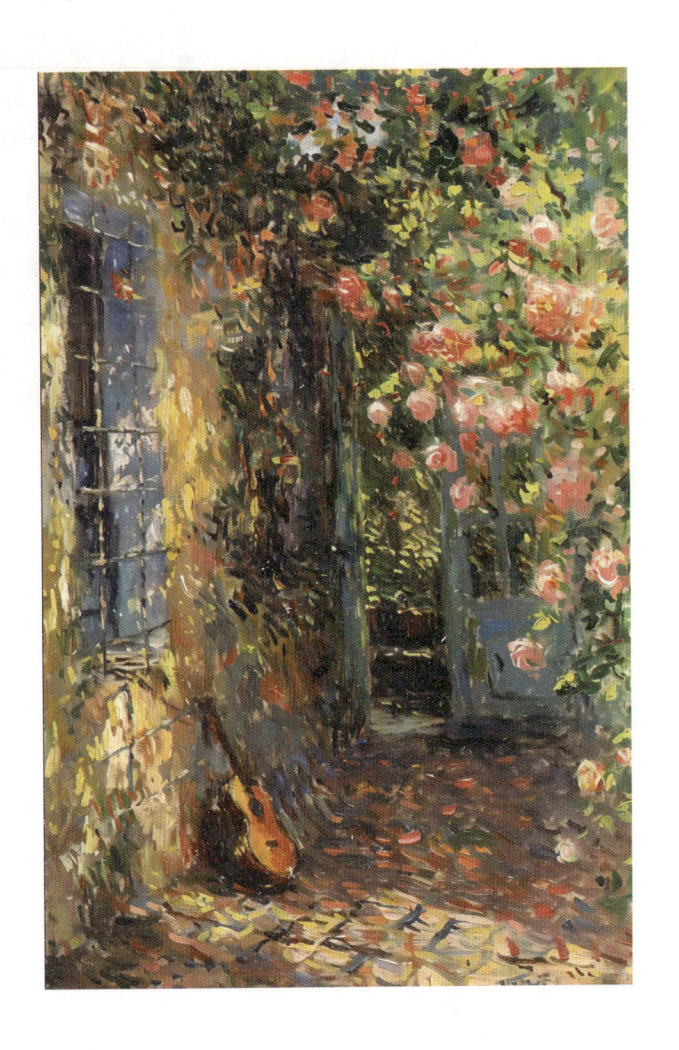

第九十五首

谁曾经像我们一样相爱?让我们
寻找燃烧心灵的古老余烬,
让我们的吻一个接一个地落下,
直到那荒漠的花儿复苏。

让我们热爱那个将果实消耗殆尽,
带着威严降临人间的爱。
你和我是永不熄的光,
那不可折断的柔弱之穗。

让我们走向这被冷漠所埋葬的爱,
那经历寒冬和春天、遗忘和秋天的爱,
带来一颗新苹果的光芒,

从新伤口散发着清新之气,
像那悄然行走在埋葬的
嘴唇中永恒的古老爱情。

第九十六首

我思考着,你爱我的这一刻
将会被另一种蓝所取代,
另一层皮肤会覆盖同样的骨头,
其他人将目睹春天的到来。

那些捆住时间的人,
那些与烟雾交谈的人,
官僚、商人、过客——无一
能在他们的绳索中继续移动。

戴着眼镜面露不祥之色的神灵将消失,
长着毛的食肉动物带着书籍也将离去,
蚜虫、鸣禽不再存在。

当世界被重新洗涤,
新的眼睛将在水中诞生,
小麦也将生长,不再流泪。

第九十七首

在这个时刻,我们必须飞翔,飞向何方呢?
没有翅膀,没有飞机,坚定地飞翔。
已经过去的足迹无可挽回,
未曾带动旅者的双脚。

我们必须像鹰、苍蝇和光阴一样,
不断地飞翔,
征服土星之眼,
在那里建立新的钟。

鞋子和道路已经不再足够,
土地对于流浪者已经无用,
根系已经穿越了黑夜。

你将出现于另一个星球,
注定倏忽即逝,
最终变成了一朵罂粟花。

第九十八首

这个词语,这张由一只手的
千万次抚摸而成的纸,
不留在你身上,对于梦想毫无用处,
它降落在大地上,在那里继续存在。

光芒和赞美从杯中
溢出并流淌,
如果它们只是来自酒的坚定颤抖,
如果你的嘴唇染上苋紫的颜色。

这个迟来的音节不再需要,
暗礁从我的记忆带走又
带回的一切,激怒的泡沫。

它们只想写下你的名字。
即使我沉默着,
我的阴暗之爱,春天迟早会说出。

第九十九首

其他的日子将会到来，植物和行星之间的
沉默终将被理解，
许多纯粹的事情将会发生！
小提琴将散发出月亮的芬芳！

也许面包将和你一样：
拥有你的声音，你的小麦特质。
而其他一些东西——迷失的
秋日马群——也将用你的声音说话。

即使并非完全如你所愿，
爱会注满巨桶，
如牧羊人古老的蜂蜜。

而在我心中的尘埃中（那里
储藏了许多丰盛的东西），
你将在瓜果间穿梭来回。

第一百首

在地球的中央，我将把玛瑙
推到一旁，这样我才能看到
你像一名抄写员，用一支
水笔誊写植物的嫩枝。

世界是如此美好！多么奥妙的香草！
航行过甜蜜之域的船只是如此幸福！
你或许是，我或许是，一块黄玉。
钟声中不再有冲突和争执。

什么都没有，除了自由的空气，
御风而行的苹果，
森林中多汁液的书本。

在康乃馨芬芳的地方，我们将
开始缝制一件衣服，一直穿到
像胜利的吻一样长久。

索引

二十首情诗和一首绝望的歌

一　女人的身体　3
二　将尽之光　4
三　松之无际　6
四　风暴之晨　8
五　你听见我　9
六　我还记得　11
七　倚身暮色　12
八　白色蜜蜂　14
九　松林之醉　16
十　失落黄昏　18
十一　天外半月　20
十二　安心怀抱　22
十三　燃烧的十字架　24
十四　你与宇宙之光　26
十五　沉默之爱　29
十六　黄昏天空　31
十七　孤影缠绕　33
十八　我在这里爱你　35
十九　黝黑、灵活的女孩　37
二十　哀伤之诗　38
绝望的歌　41

船长的诗

爱

你身上的大地　49
女王　50
陶匠　51
9月8日　52
你的脚　53
你的手　55
你的笑　57
善变者　60
岛屿的夜　62
岛屿的风　65
无穷者　67
美人　69
被盗的树枝　73
儿子　75
大地　78
缺席　81

欲望

老虎　85
秃鹫　87
昆虫　88

怒

爱　93
永远　95

偏移　96
问题　97
浪女　100
伤害　102
井　104
梦　106
如若你把我遗忘　108
遗忘　111
姑娘们　113
你来　115

生

山河　121
贫穷　123
众生　125
旗帜　127
士兵之爱　129
不仅是火　131
亡者　134
小美洲　136
颂歌与萌芽　141
祝婚词　156
途中信　165

一百首爱的十四行诗

一 "玛蒂尔德:植物,石头" 175
二 "我的爱人" 176
三 "苦涩的爱,以荆棘为冠" 177
四 "你会永远怀念" 178
五 "夜幕、清风与黎明" 179
六 "在茂密的森林里" 180
七 "'你将与我同去。'" 181
八 "如果你的眼睛" 182
九 "在浪潮撞击顽石的一瞬间" 183
十 "温柔的她如音乐" 184
十一 "我渴望你滋润的嘴唇" 185
十二 "丰满的女性" 186
十三 "你身上的光芒" 187
十四 "我没有足够的时间" 188
十五 "自古以来" 189
十六 "我喜欢像一块土地的你" 190
十七 "我爱你" 191
十八 "你像微风穿越山脉" 192
十九 "当黑岛的熔岩" 193
二十 "我的丑人儿" 194
二十一 "哦,你的吻" 195
二十二 "有多少次,爱人啊" 196
二十三 "以火为光" 197
二十四 "爱人啊,我的爱人" 198
二十五 "亲爱的" 199
二十六 "伊基克的可怕沙丘" 200
二十七 "裸露的你" 201
二十八 "爱,从种子到种子" 202
二十九 "你来自贫穷的南方" 203
三十 "你拥有群岛" 204
三十一 "我用南方的桂树" 205
三十二 "清晨的房子里" 206
三十三 "亲爱的,现在我们要回家" 207
三十四 "你是大海的女儿" 208
三十五 "你的手飞过我的眼睛" 209
三十六 "我心中的挚爱" 210
三十七 "啊,爱情,啊,疯狂" 211
三十八 "正午时分" 212
三十九 "然而,我忘记了你" 213
四十 "寂静笼罩,翠绿一片" 214
四十一 "一月的不幸" 215
四十二 "明亮的日子" 216
四十三 "我在万象之中追寻" 217
四十四 "你会知道我" 218
四十五 "请不要离开我" 219
四十六 "在我所仰慕的" 220
四十七 "我想回头看着你" 221
四十八 "两个快乐的恋人" 222
四十九 "今天来了" 223
五十 "科塔波斯" 224

五十一　"你的笑声" 225
五十二　"你在阳光和天空中歌唱" 226
五十三　"在这里有面包" 227
五十四　"辉煌的理性" 228
五十五　"荆棘、碎玻璃、疾病" 229
五十六　"习惯看到我身后" 230
五十七　"那些说我失去了月亮的人" 231
五十八　"在文学铁铸的巨剑中" 232
五十九　"可怜的诗人" 233
六十　"那些企图伤害我的人" 234
六十一　"爱带来了一串痛苦" 235
六十二　"我有祸了" 236
六十三　"不仅仅是穿过" 237
六十四　"我的生命" 238
六十五　"玛蒂尔德，你在哪里" 239
六十六　"我是不会爱你的" 240
六十七　"来自南方的大雨" 241
六十八　"木制的女孩" 242
六十九　"少了你或许只剩空虚" 243
七十　"也许我受伤了" 244
七十一　"从悲伤到悲伤" 246
七十二　"亲爱的，冬天已经来临" 247
七十三　"也许你会记得" 248
七十四　"八月的水润湿了道路" 249
七十五　"在这里有房子" 250

七十六　"迭戈·里维拉像熊" 251
七十七　"今天是背负" 252
七十八　"我没有放弃" 253
七十九　"在夜里，爱人啊" 254
八十　"亲爱的，我从旅途" 255
八十一　"现在，你属于我" 256
八十二　"爱人啊" 257
八十三　"亲爱的，感受到你" 258
八十四　"再一次，爱人" 260
八十五　"从海洋流向街道" 261
八十六　"啊，南十字星" 262
八十七　"大海的三只鸟" 263
八十八　"三月隐光归来" 264
八十九　"当我死去时" 265
九十　"当我想象自己" 266
九十一　"岁月像细雨一样" 267
九十二　"亲爱的，倘若我死" 268
九十三　"如果你的胸膛" 269
九十四　"如果我去世" 270
九十五　"谁曾经像我们一样" 272
九十六　"我思考着，你爱我" 273
九十七　"在这个时刻" 274
九十八　"这个词语" 275
九十九　"其他的日子" 276
一百　"在地球的中央" 277